쉼표 없이 달려온 인생을 위한 행복 내비게이션

# 너무 애쓰지 않아도 괜찮아

이정민 지음

대|경|북|스

너무 애쓰지 않아도 괜찮아

**1판 1쇄 인쇄** 2023년 9월 15일
**1판 1쇄 발행** 2023년 9월 20일

**지은이** 이정민

**발행인** 김영대
**펴낸 곳** 대경북스
**등록번호** 제 1-1003호
**주소** 서울시 강동구 천중로42길 45(길동 379-15) 2F
**전화** (02) 485-1988, 485-2586~87
**팩스** (02) 485-1488
**홈페이지** http://www.dkbooks.co.kr
**e-mail** dkbooks@chol.com

ISBN 978-89-5676-986-8 03810

# 프롤로그

"자신의 삶에 만족하나요?"

이 질문에 "그저 그래요." 혹은 "아니오."라고 답을 했더라도 너무 마음 쓰지 않았으면 한다. 많은 한국인들이 그렇게 생각한다고 하니 말이다. 그래도 이 책을 다 읽을 즈음에는 '나는 행복한 사람' 혹은 최소한 '행복할 준비가 된 사람'이라고 생각하게 되기를 희망해 본다.

언젠가 신문에서 "한국인의 삶의 만족도 OECD 39국 중 37위"라는 헤드라인을 보게 되었다(조선일보, 2023.02.20.). 그럴 수 있겠다는 생각이 들었다. 내 주변에서 현재의 삶에 만족한다는 사람을 거의 만나보지 못했기 때문이다. 비슷한 시기에 "명품

소비 1위, 행복도 꼴찌"라는 제목으로 모건 스탠리의 보고서를 인용한 기사도 보았다(조선일보, 2023.02.10.). 이 두 기사만 놓고 보면 우리나라 사람들이 물질적으로는 풍족하지만 대부분 행복하지 않은 삶을 살고 있구나 하는 결론을 내리게 된다.

기사를 읽고 나서 그러면 내 삶의 만족도는 얼마나 될지 곱씹어보았다. 지금은 매일 감사하며 즐겁게 지내고 있으니 따로 점수를 매길 필요조차도 없다는 생각이 들었다. 하지만 해외를 넘나들며 죽기 살기로 열심히 일만 하던 예전의 나는 지금과 달랐다. 남들이 보기에는 그럴듯하고 화려한 생활을 했지만 전혀 행복하지 않았다. 신문 기사처럼 집에 명품이 넘쳤는 데도 말이다. 사는 게 힘들어서 굳이 오래 살고 싶다는 생각도 해보지 않았다. 그때의 내 삶을 만족도 점수로 따져보면 1점도 아닌 −10점 정도였을 것이다.

내 삶에 무척 만족하고 사는 요즘은 건강관리를 좀더 잘해서 이런 삶을 오래 지속하면 좋겠다는 생각마저 하고 있다. 그렇다고 사회적 잣대로 평가했을 때 예전보다 더 성공했거나 돈을 더 벌고 있는 것은 아니다. 인생의 심한 굴곡을 겪으면서 오히려 재산도 수입도 많이 줄었다. 다만 인생을 대하는 태도와 방법에 변화가 조금 있었을 뿐이다.

성공하려고 그리고 잘 살아보려고 치열하게 살았을 때는 얻은 것은 많았지만 잃은 것도 그에 못지않게 많았다. 그렇게 반 백년이 넘게 살아보고 나서야 플러스와 마이너스로 득실을 따져보니 보합이라는 걸 깨닫게 되었다. 만족한 삶을 살기 위해 굳이 그렇게 애쓰면서 살 필요가 없었던 것이다. 스스로를 잘 돌보고, 주어진 인생을 즐기면서, 너무 애쓰지 않고 살아도 충분히 행복하게 살 수 있었던 거였다. 그래서 쉼표 없이 앞만 보고 달려온 내 인생, 뒤늦게나마 여유 있는 인생으로 바꾸어서 살아보기로 했다.

그렇게 10여 년의 세월이 흐른 지금, 나는 애쓰지 않아도 되는 편안하고 행복한 라이프를 살아가고 있다. 이렇게 되고 보니 나만 행복하고 싶지 않았다. 어딘가에서 너무 애쓰고 있을 당신에게도 내 경험을 공유하고 싶어졌다. “너무 애쓰고 살지 않아도 당신도 행복해질 수 있어요.”라고 말해 주고 싶었다. 살아보고 나서야 직접 겪지 않으면 깨닫기 어려운 삶의 지혜도 있다는 것을 알게 되었다. 그렇다고 “이렇게 살아라, 저렇게 살아라.”하고 훈수를 둘 생각은 전혀 없다. 내가 한 실수와 후회가 참고가 되어 누군가는 이 글을 읽고 '인생이 편안하고 좋아졌다'라고 생각해 준다면 더할 나위 없이 행복할 것 같다.

혹시 이 책의 제목과 목차를 보고 마치 열심히 살지 않아도 된다고 이야기하는 것으로 오해하지는 않았으면 좋겠다. 내가 말하고 싶은 것은 '지혜롭게 살면 지나치게 애쓰고 사느라 힘들어하거나 불필요한 것은 하지 않아도 된다.'는 것이다. 인생을 사는 또 하나의 방법으로 생각해 주기를 바란다. 이 책을 읽고 나서 독자들이 자신만의 방법과 생각으로 보완하고 채워 나갔으면 좋겠다. 이 세상에 똑같은 인생은 없기 때문이다.

낯선 곳에 가야 할 때 목적지를 내비게이션에 입력하면 다양한 경로가 나온다. 그중 하나를 선택하는 것은 나의 몫이다. 빨리 가고 싶어서 최단 코스를 선택하기도 하고, 보다 편안한 코스를 선택하기도 한다. 초행길임에도 이런 안내와 정보 없이 길을 떠난다면 길을 잃고 헤매게 될 확률이 높다. 누구나 처음 가보는 인생길도 마찬가지다. 이럴 때 먼저 그 길을 가본 인생 선배들의 다양한 경험은 내비게이션 역할을 해줄 수 있다. 나의 이야기도 그런 인생 선배의 수많은 경험담 중 하나이다. 판단과 선택은 물론 독자의 몫이다. 이 책을 읽은 모든 독자의 인생이 편안하고 즐거워지길 진심으로 바라 본다.

당신보다 조금 먼저 길을 떠난

인생 선배가

# 차 례

## 둘째 마당 _ 노력해도 안 되는 것



## 셋째 마당 _ 열심병 극복하기

## 넷째 마당 _ 인생이 편안해지는 지혜



## 다섯째 마당 _ 무조건 행복하기

첫째 마당

# 너무 잘하려고 애쓰지 않아도 괜찮아

## 인생노답 : 인생에는 정답이 없다

무언가 하나가 잘못되어도 늘 또 다른 길이 있었다. 오히려 더 좋은 길을 찾기도 했다. 인생에는 정해진 답이 하나만 있는 것이 아니었다.

인생에는 계획대로 되는 일보다 그렇지 못한 일이 더 많다. 직장 생활도 마찬가지다. 아무리 열심히 일을 해도 갑자기 해고당하기도 하고 회사가 망하기도 했다. 돈을 버는 것도 마찬가지다. 있는 돈 없는 돈 다 긁어모아 투자했는데 남의 나라에서 전쟁이 났다고 주가가 곤두박질쳐서 반토막 나기도 했다. 책을 한 권 출판하는 일도 그렇다. 책을 쓰는 건 내가 노력하면 할 수 있는 부분이다. 하지만 출판사가 그 원고를 받아줄지 여부는 나라는 사람의 의지와는 아무런 상관이 없다. 설령 운 좋게 출판된다고 하더라도 얼마나 많은 독자들이 그 책을 읽어 줄지는 모르는 일이다. 사업은 더 그랬다. 아무리 열심히 해도 갑자기 코로나19 팬데믹 같은 사태가 생기기도 하고, 거래처가 부도나서 망하기도 하고, 사기를 당하기도 하고, 원자재 공급이 안 되기도 했다. 내가 어떻게 컨트롤할 수 없는 변수가 도처에 숨어 있었다. 자식도 마찬가지다. 주변을 돌아보면 부모가 원하는 대로 커 주는 자식은 많지 않다. 멀리 갈 것도 없이 내 자식도 그랬다. 그래서 '공부가 제일 쉽다'는 말이 나왔나 보다. 그나마 다른 외부의 영향을 덜 받고 내 의지로 해볼 수 있는 일이기 때문이다.

그럼 계획한 대로 공부를 많이 하면 인생이 행복해질까?

실제로 교육 수준과 그 사람의 행복 수준은 크게 상관이 없어 보인다. 주변의 박사학위를 가진 분들과 대화를 해봐도 그랬다. 물론 나도 마찬가지다. 〈사회적 비교 이론(social comparison theory)〉에 의하면 사람들은 자신의 성공과 행복 수준을 평가하기 위해 다른 사람과 자신을 비교하는 경향이 있다고 한다. 그런데 교육 수준이 높은 사람들은 더욱 성공적인 사람들과 비교할 가능성이 높기 때문에 부족함이나 불만족을 느낄 가능성이 더 많다고 한다. 기대하는 생활 수준은 높은 데 비해 실질적인 삶의 질이 그에 못 미치는 경우가 많기 때문이다. 더군다나 자기보다 공부를 못했던 친구가 더 잘 사는 걸 보면 짜증이 난다. 이처럼 내 의지로 해볼 수 있는 공부마저도 내가 원하는 인생을 만들어 주지는 않는다. 교육이 많은 혜택과 기회를 제공할 수는 있지만, 행복을 보장하는 것은 아니라는 것이다.

그렇다면 내가 계획하고 생각한 대로 인생이 흘러가면 좋을까?

해외를 내 집 드나들 듯이 하며 한동안 내 계획대로 사업을 착착 진행했다. 그런데 사업이 커지자 그만 사기꾼의 표적이 되어 버렸다. 애써 이룬 것은 그들 손에 넘어가고 빈털터리가 되어버렸다. 결국 사기꾼을 위해 밤낮없이 열심히 일한 꼴이 되어버렸다. 무일푼이 되다시피한 나는 자동차마저도 처분해야 했다. 그러고 나서 지하철을 타고 다니던 어느 날이었다. 서러움에 자꾸만 눈물이 났다. 그럴 때면 읽지도 않을 책을 가방에서 꺼내 들고는 얼굴 앞에 바짝 대고 있어야 했다. 거의 한 달 정도는 그랬던 것 같다. 이처럼 때로는 인생이 계획대로 너무 잘 풀리는 것이 오히려 재앙이 될 수도 있다.

그럼 이렇게 사업이 폭삭 망했다고 불행해지기만 했을까?

사기를 당하고 거지꼴이 되었을 때는 하늘이 무너지는 것 같았다. 그런데 지나고 보니 불행의 결과가 꼭 불행은 아니었다. 대중교통을 이용하다 보니 아무래도 자가용을 이용할 때보다 많이 걷게 되어서 건강이 몰라보게 좋아졌다. 조금만 걸어도 숨차하던 허약 체질이었던 내가 몇 시간도 끄떡없이 걷게 되었다. 덕분에 돈으로는 살 수 없는 건강을 얻은 셈이다. 그리고 이제는 절약이 몸에 배어서 적은 돈으로도 얼마든지 즐겁고 행복하게 지낼 수 있게 되었다. 게다가 시간적 여유가 생겨서 엄마 노릇 제대로 못했던 것도 뒤늦게나마 해줄 수 있었다. 늘 미안했던 아들에 대한 마음의 빚도 덜었다. 죽을 때 후회할 목록 하나가 지워진 셈이다. 게다가 인생에서 어차피 한 번쯤 겪을 불행이었다면 더 나이 들기 전에 겪은 것이 정말 다행이었다. 늙고 힘없어지기 전에 어느 정도 회복할 시간이 있었기 때문이다. 문득 새옹지마(塞翁之馬)라는 잘 알려진 중국의 고사 하나가 생각난다.

옛날 중국 만리장성의 변방에 한 노인이 살았다. 어느 날 그의 말이 우리를 넘어 달아나 버리는 일이 생겼다. 동네 사람들이 노인를 위로하자, 그는 태연하게 말했다. “이 일이 좋은 일이 될지 누가 알겠소?” 그런데 얼마 후, 그 도망갔던 말이 야생마 몇 마리와 함께 집으로 돌아왔다. 이웃들이 그 일을 축하해 주자, 노인은 이번에도 기뻐하는 대신에 “이 일이 화가 될지 누가 알겠소?”라고 말을 했다. 며칠 뒤 노인의 아들이 그 야생마를 타다가 떨어져서 그만 다리를 다치게 되었다. 이웃들이 노인을 위로하자, 그는 이번에도 태연하게 “누가 알겠소? 이 일이 좋은 일이 될지.”라고 답을 하는 것이었다. 그로부터 얼마 지나지 않아 오랑캐가 쳐들어오자 나라에서는 징집령을 내려 젊은이들이 모두 전장에 나가게 되었다. 그러나 노인의 아들은 다리가 부러진 까닭에 전장에 나가지 않아도 되었다.

복이 화가 되기도 하고 화가 복이 될 수도 있음을 뜻하는 고사다. 내가 깨달은 것도 그랬다. 불행의 결과가 꼭 불행인 것도 아니고 끝까지 가봐야 아는 게 인생이었다.

오래 전 미국 유학 시절에 미국 LA의 한 영화 상영관에서 〈포레스트 검프〉라는 영화를 본 적이 있었다. 주인공인 톰 행크스가 한 말 중에 "인생은 초콜릿 박스와 같아. 무엇을 고르게 될지 알 수 없거든."이라는 말이 아직도 기억난다. 나 역시 초콜릿 박스 안의 초콜릿을 고를 때면 잠시 즐거운 고민을 하곤 한다. '어떤 걸 골라야 내가 좋아하는 체리 시럽이 들어 있는 초콜릿이 나올까?'하면서. 그런데 초콜릿을 한입 베어 물면 다른 맛의 시럽이 들어 있는 경우가 더 많았다. 그런데 딱 한 개만 먹을 수 있는 상황이 아니라면 내가 좋아하는 맛을 찾아서 다른 걸 또 먹어보면 된다. 그러다 보면 '어, 이것도 맛있네!'라며 새로운 맛에 눈을 뜨기도 했다. 인생도 그런 것 같다. 무언가 하나가 잘못되어도 늘 또 다른 길이 기다리고 있었다. 오히려 더 좋은 길을 찾기도 했다. 이처럼 인생에는 정답이 하나만 있는 것이 아니었다.

인생의 답안지를 작성할 때 할 수 있는 건 쓰면 되고, 너무 어려워서 못 풀겠으면 안 써도 된다. 답이 마음에 들지 않으면 고쳐 써도 된다. 그러니 '걱정하지 말고 마음 편하게 하고 싶은 거 다 해보면서 즐겁게 살자!' 요즘 나 자신에게 해주는 말이다.

? 물음표

**인생이라는 답안지에 무엇을 써나가고 있으신가요?**

## 생각대로 되지 않아도 괜찮아

실패도 인생 공부로 받아들이면 그냥 하나의 경험일 뿐이다. 그래도 인생은 계속된다.

자기계발서를 읽다 보면 '생각하는 대로 이루어진다'는 글귀를 자주 접하게 된다. 실천형인 나는 책에서 말하는 대로 수십 년을 그렇게 살았다. 그런데 그 말은 맞을 때도 있었고 맞지 않을 때도 있었다. 혹은 일부만 맞기도 했다. 2030대 때에는 생각한 목표를 꼭 달성하기 위해 부단히 애쓰고 노력하며 살았다. 하지만 이제는 어느 정도 노력을 하다가 도저히 이루기 어려운 일이라고 생각되면 목표를 일부 수정하거나 아예 접어 버린다. 한마디로 쓸데없는 노력은 안 한다는 말이다. 내게 주어진 인생의 길이가 무한대가 아니기 때문이다. 그렇다고 인생을 대충 살거나 의지박약으로 흐지부지하게 살지는 않는다.

무언가를 시작할 때 40대 이후로 즐겨 사용하는 방법이 있다. 애초에 목표를 세울 때 플랜 A, B, C를 미리 만들어 두고 시작하는 것이다. 난도가 높은 경우에는 플랜 D도 준비해 둔다. 이렇게 해두면 처음 계획대로 일이 진행되지 않을 때는 바로 다음의 플랜 B로 바꿀 수 있다. 미리 다른 계획을 만들어 둔 것을 바로 실행하기 때문에 일정에 차질이 덜 생기게 된다. 뿐만 아니라 만약의 경우를 대비해둔 플랜이 있기 때문에 마음이 든든하고 불안하지도 않다. 다시 말해 계획을 포기하는 대신 변경하는 것이다. 이런 방법으로 계획을 실천하니 실패 경험은 줄이고 성공 경험은 늘릴 수 있었다. 더불어 자존감도 올라갔다. 그런데 플랜 A, B, C를 다 해보았는데도 일이 생각대로 되지 않을 때는 마음을 비우고 깨끗하게 포기한다. 어차피 생각하는 대로 다 이루어지지 않는다는 걸 인생 경험으로 잘 알게 되었기 때문이다. 하지만 최선을 다했다는 생각에 후회나 아쉬움이 남지는 않는다.

그런데 생각한 대로 일이 풀리지 않으면 유난히 마음이 가난해지고 심란해지는 날도 있다. 이런 날이면 몸에 기운이 없고 어깨도 쳐지고 일할 의욕도 줄어든다. 때로는 우울하고 서글퍼지기까지 한다. 이럴 때는 환경을 바꾸는 것이 효과적이다. 무작정 밖으로 나가 따뜻한 햇볕을 쬐며 걷는다. 덕분에 얼굴에 잡티가 생기긴 했지만 말이다. 세상은 항상 얻는 게 있으면 잃는 것도 있는 법이니까.

또 쇼핑을 하는 것도 효과적이다. 그렇다고 충동구매로 비싼 물건을 사지는 않는다. 나중에 반드시 후회하기 때문이다. 평소 꼭 갖고 싶었던 화장품이나 소모품 정도를 구입한다. 20대 때에는 귀걸이를 하나씩 사곤 했다. 액세서리 상점에서 반짝이는 귀걸이를 들여다보며 "와, 너무 예쁘다!"를 반복하다 보면 어느새 가난했던 마음이 사라지곤 했다. 요즘은 씹을 때 소리가 크게 나는 달달한 스낵을 한두 봉지 사서 한껏 입에 넣고 씹어 먹는다. "와작 와작…." 이렇게 한 봉지가 다 비워져 갈 즈음이면 스트레스도 풀리고 기분도 많이 달달해져 있곤 한다.

이처럼 환경을 바꾸거나 특정 활동을 해서 기분이 나아지는 상태는 심리학의 〈행동 활성화(Behavioral Activation) 이론〉으로 설명될 수 있다. 이 이론은 즐거운 활동에 참여함으로써 긍정적인 강화를 증가시키고 회피하는 행동을 감소시킴으로써 우울증을 완화시킬 수 있다고 제안한다(Lejuez et al., 2011). 내가 했던 것처럼 외출하거나 쇼핑을 하는 것과 같은 즐거운 활동을 함으로써 뇌의 보상 센터를 활성화시켜 기쁨과 긍정적인 감정을 증가시킬 수 있는 것이다. 그 결과로 나의 우울한 감정이 극복되었던 것이다.

그런데 생각대로 일이 풀리지 않으면 매번 무척 힘들어하는 사람도 있다. 완벽해야 직성이 풀리는 불행한 행복주의자들이 주로 그런다고 한다. 예전의 나도 그랬다. 가령 나는 학교 숙제 외에는 스스로 글을 써본 적이 없었다. '글은 완벽하게 잘 써야 하고 오탈자도 있으면 안 되는 거잖아.' 이런 생각이 앞서 글쓰기가 부담스러워서였다. 사회생활을 하면서도 직원들이 올리는 보고서에 오탈자가 하나라도 있으면 읽는 내내 마음이 불편했다. 이런 완벽주의 성격은 집안 정리를 할 때도 마찬가지다. 바닥에는 먼지 하나 없어야 하고, 물건들이

제자리에 놓여 있지 않으면 마음이 불편해서 다른 일을 할 수가 없었다.

어느 날 내가 '왜 이렇게 불행한 완벽주의자가 되었을까?' 하고 곰곰히 생각해 보았다. 어려서 어머니에게 받은 교육 때문이 아닐까 하는 생각이 들었다. 초등학교에 들어가면서부터 어머니는 내게 교과서를 글자 하나 틀리지 않고 모두 외우게 했다. 정해준 범위에서 한 글자라도 틀리면 다듬잇돌 위에 올라가 틀린 숫자만큼 회초리로 종아리를 맞았다. 물론 공부를 잘하는 아이로 만들려는 좋은 뜻으로 그러셨을 것이다. 하지만 어린 나에게 종아리를 맞는 것은 끔찍하고 고통스러운 일이 아닐 수 없었다. 그래서 졸음을 참으려고 찬물에 발을 담그면서까지 책을 달달 외웠다. 완벽하게 외우지 않으면 어머니에게 종아리를 맞는다는 그 피할 수 없는 상황이 나를 강박적으로 완벽을 추구하는 사람으로 만들지 않았나 하고 내 나름대로 분석을 해보았다.

연세대학교 상담심리연구실에서 펴낸 《네 명의 완벽주의자》에 의하면 완벽주의를 구성하는 여섯 가지 요소에는 실수에 대힌 지나친 염려, 정리 정돈 습관, 부모의 기대, 부모의 비판, 높은 성취 기준, 행동에 대한 의심이 있다고 한다. 뒤돌아보니 나는 이 여섯 가지 구성요소를 모두 가지고 수십 년을 불행한 완벽주의자로 힘들게 살아오고 있었다.

인생을 살다 보면 아무리 완벽하게 잘 살아보려고 애를 써도 성공하는 일보다 실패하는 일이 더 많기 마련이다. 가능하면 실패하지 않는 인생을 살아야겠지만, 실패한다고 세상이 다 끝나지도 않았다. 내가 무너지지만 않으면 다시 기회가 왔다. 그때 더 잘하면 된다.

중학교 2학년의 어느 영어 수업 시간에 있었던 일이다. 발음이 형편없다고 야단을 맞았다. 그런 내가 나중에 미국에 유학을 가서 올A 성적으로 영어교사 자격증을 취득하고 일본과 한국의 대학에서 영어를 가르치는 사람이 되었다. 중학교 때의 경험은 약이 되어 함부로 학생들을 야단치거나 인격 모독을 하지 않으려고 노력하게 되었다. 실패도 내가 인생 공부로 받아들이면 그냥 하나의 경험일 뿐이었다. 그래도 인생은 계속되었다.

혹시나 지금 이 순간 실수나 실패로 힘들어하고 있다면 나태주 시인의 시집 《너무 잘하려고 애쓰지 마라》에서 〈실패한 당신을 위하여〉라는 시를 읽어보기 바란다. 중학교 2학년인 나에게 보내는 시이기도 하다.

## 실패한 당신을 위하여

화가 나시나요

오늘 하루 실패한 것 같아

자기 자신에게 화가 나시나요

그럴 수도 있지요

때로는 자신이 밉고

싫어질 때도 있지요

그렇지만 너무 많이는

그러지 마시길 바라요

자기 자신을 미워하더라도

끝까지는 미워하지 마시길 바라요

생각해보면 모두가 다

당신 탓만은 아니에요

세상일이란 인간의 일이란

그 무엇 하나도 저절로

저 혼자만의 힘으로는

되지 않는다는 걸

당신도 잘 아시잖아요

여러 가지 일들이 서로 만나고

엉켜서 그리된 거예요

실패한 날 화가 나더라도

내일까지는 아니에요

밤으로 쳐서 열두 시까지만

그렇게 하시길 바라요

내일은 새로운 날 새로 태어나는 날

내일은 당신도 새로운 사람이고

새로 태어나는 사람이에요

부디 그걸 잊지 마시길 바라요

내일 우리 웃는 얼굴로 만나요

? 물음표

**인생이 생각대로 되지 않는다고 느껴질 때는 어떻게 하시나요?**

## 사회생활이 힘들다면

직장생활 너무 열심히 하지 말자. 그래야 건강하게 오래 일할 수 있다.

"입 닫고 지갑 한번 열어 주라, 회식 올 생각은 말아 주라, 주라주라 휴가 좀 주라, 마라마라 야근 하덜 말아라, 칼퇴칼퇴칼퇴 집에 좀 가자, 가족이라 하지 마이소, 가족 같은 회사, 내 가족은 집에 있어요"

2020년에 둘째이모 김다비라는 트로트 가수가 직장인의 애환을 담은 내용으로 세간에 이목을 끌었던 곡의 일부 가사다. 직원도 사장도 다 해본 나는 이 곡이 가사를 너무 잘 썼다는 생각이 들어 재미있게 몇 번이고 들었던 기억이 있다. 이 가사에 나오는 사장 같은 사람이 운영하는 회사에서 근무해본 적이 있어서 노래가 더 귀에 들어왔던 것 같다.

이 노래의 내용과 비교하면서 예전에 근무했던 그 회사를 떠올려 보았다. 회식할 때면 사장은 “이렇게 직원들에게 잘해주는 회사 봤어?”라며 반드시 생색을 냈다. “이거, 다들 괜찮지?” 메뉴는 늘 사장이 좋아하는 음식이었다. 심지어 회식비를 아끼려고 술을 마시지 않는 척을 해서 아무도 술을 마실 수가 없었다. 나중에 사장이 술을 즐긴다는 걸 알았을 때의 어이없음이란….

휴가는 어떤 수단과 방법을 써서라도 줄이고 또 줄였다. 심지어 임원 회의는 꼭 명절 연휴 때마다 호텔에서 숙박하며 진행했다. 그러면서 “이렇게 며칠씩 좋은 곳에서 쉬게 하면서 회의하는 회사가 어디 또 있어요?”라며 생색을 냈다. 나를 포함해서 임원 누구도 가족과 명절을 보낼 수 없는 그런 휴식을 원하는 사람은 없었다. 야근은 기본이었다. 사장은 낮에는 밖에서 골프 치고 개인 볼일까지 다 보고는 퇴근 시간쯤이면 사무실에 들어와 업무 지시를 내렸다. 그러니 야근을 안 할 수가 없었다. 그런데 야근 수당을 받았다는 사람은 아무도 없었다.

'칼퇴'라는 단어는 그 회사에는 아예 존재하지 않는 말이었다. 특히 내가 저녁 약속이 있는 날이면 귀신같이 알고 "오늘 약속 없지요? 이거 말인데요…."하면서 야근을 시켰다. 그래서 그 회사에 근무하는 동안에는 저녁 약속을 아예 잡지 못했다. 기다리는 상대에게 "미안하다"고 사과하는 것에 지쳐서였다. 병가는 그 회사에서는 금기어였다. 너무나도 건강했던 사장은 "아니, 나는 땅 파서 회사 운영하는 줄 아나?"라며 직원이 아플 수 있다는 것을 이해하지 못했고 용서도 하지 않았다. 결국 몸이 아프면 직원들끼리 요령껏 사장 눈을 피해서 서로 편의를 봐주며 해결하곤 했다.

월급을 적게 주려고 온갖 편법을 다 쓰면서 말끝마다 우리는 '한 가족'이라는 말을 했다. 그런데 가족이라는 직원들에게 명절이면 보너스 대신 유통기간이 지나 팔 수 없는 제품을 하나씩 나누어주었다. "인쇄된 기간은 지났지만 실제로는 상한 물건이 아니니까 사용해도 괜찮아. 가족이니까 다 이해하지?"라면서.

"우리 가족은 유통기간 지난 거 사용 안하는데…."라며 한숨 쉬며 중얼거리던 여직원의 말이 생각난다.

정도의 차이는 있지만 예전의 그 사장이 남발했던 '가족 같은 회사'는 사실상 찾아보기 힘들다는 게 내 개인적인 생각이다. 나도 한때는 '주인 의식을 가지고 일을 해야 한다'는 경영주들의 말에 깜빡 세뇌되어 주인보다 더 열심히 일을 했었다. 그러다 과로로 병원에 입원한 적도 여러 번 있었다.

한 번은 치과 갈 시간이 없어서 진통제를 먹고 참으며 여러 날 일을 하게 되었다. 그러다 치료시기를 놓쳐 염증으로 잇몸과 목이 붓고 고열에 시달리며 열흘 넘게 병원에 입원을 하게 되었다. 자칫하면 생명이 위험했을 수도 있었다고 했다. 그런데 평소에는 내가 없으면 큰일 날 것처럼 립 서비스를 하던 사장이 "임원이 되어 가지고 건강관리 하나 제대로 못하고…." 라며 언짢아했다고 전해 들었다. 병원비는 물론 염증으로 들어낸 몇 개의 치아를 임플란트하는 비용도 모두 내가 부담했다. 죽도록 일하다 그렇게 되었는데 말이다.

이 사례뿐만이 아니다. 내가 과로로 쓰러졌을 때 가족처럼 안타까워하는 사장은 한 명도 보질 못했다. 결국 아무리 주인 의식을 가지고 일을 해도 나는 노동의 대가로 월급을 받는 직원일 뿐이었다. 그러니 '가족 같은 회사'라는 말은 믿지 않는 것이 현명하다. 반대로 내가 사장 입장이 되었을 때는 직원 시절의 경험을 생각하며 가능하면 직원들에게 잘해주려고 노력했다. 물론 직원들이 어떻게 생각했는지는 알 수가 없다. 하지만 최소한 칼퇴와 휴일만큼은 반드시 지켜주는 사장이었다.

중국에서 사기를 당했던 때였다. 하루는 조폭들이 칼과 총을 들고 집에 들이닥쳤다. 불행 중 다행으로 그날 내가 집에 없었기 때문에 목숨을 건질 수 있었다. 그런데 집에 있던 중국인 가사도우미는 안타깝게도 충격으로 병원에 입원하게 되었다. 사기꾼이 후환을 없애려고 나를 죽이려 했던 것이다.

며칠 숨어 지내다 한국행 비행기를 겨우 탈 수 있게 된 날이었다. 공항까지 함께 동행해 준 중국인 보디가드 겸 수행비서에게 갑작스런 상황에 대한 미안함과 고마운 마음을 담아서 몇 달치 월급을 봉투에 넣어 건넸다. 그러자 "이미 받은 것이 너무 많습니다."라며 극구 사양을 했다. 그리곤 내가 출입국장에 들어서는 순간 억지로 주머니에 넣어 주었던 돈 봉투를 내 가방에 던지듯이 넣어주고는 멀찍이 물러서 버렸다. 뒤돌아보니 나를 바라보는 그 직원의 눈동자가 금방이라도 눈물이 쏟아질 듯 벌겋게 충혈되어 있었다. 그 직원에게 내가 어떤 사장이었는지 물어보지는 못했다. 하지만 아주 나쁜 사장은 아니었던 것 같다는 어설픈 내 나름의 위안을 하며 비행기에 올랐던 기억이 있다.

정도의 차이는 있지만 회사가 가족 같기를 바라는 건 어려운 이야기라고 생각한다. 경영주 입장에서 나도 최선을 다한다고 하긴 했지만 솔직히 가족처럼 마음을 써주지는 못했기 때문이다. 물론 정말 그런 회사가 어디에 있기는 있을 거라고 생각한다. 만약 그런 곳이 있다면 그곳에서 일하는 직원들은 정말 축복받은 것이다.

많은 경우에 다니는 직장이 마음에 들지 않거나 업무가 너무 힘들면 이직을 생각하게 된다. 말리는 사람도 있겠지만 나는 '힘들면 그만둬도 괜찮다'라고 말하고 싶다. 길지 않은 인생을 괴롭게 살 필요가 없기 때문이다. 하지만 사정상 그만두기 어려울 수도 있다. 그런 분들을 위해 내가 들려주고 싶은 말 대신 《나는 오늘도 소진되고 있습니다》의 저자 이진희 한의학 박사의 말을 소개한다.

"일을 그만둘 수 없거나 이직을 할 수 없다면, 그리고 직장에서 우리의 건강과 생명을 지켜주지 못하는 상황이라면, 내가 나를 지켜야 한다. 아무런 조치 없이 가만히 두면 없던 병도 생기고 있는 병은 더 심각해져서 지금 하고 있는 일조차 할 수 없게 된다. 그 무엇도, 그 어떤 직장도 내 목숨과 바꿀 만큼 귀하진 않다."

목숨을 바칠 정도로 미련하게 일한 경험이 여러 번 있는 사람이라서 이글에 공감하며 자신 있게 말할 수 있다. "직장생활 너무 열심히 하지 말자! 그래야 건강하게 오래 일할 수 있다."

법륜 스님의 유명한 '즉문즉설'에서 한 상담자가 "지방대를 나와서 좋은 직장에 취업하기가 어려운데 어떻게 하면 좋겠습니까?"라며 고민을 상담했다. 그러자 스님은 '그게 무슨 고민거리냐. 좋은데 취직을 하려니 힘들지. 수준을 좀 낮추어서 취업을 하면 오늘이라도 취업이 될 거 아니냐? 좋은 직장에 들어가면 월급은 좀 더 받겠지만 내가 굽신거려야 하고 언제 질릴지 몰라서 늘 마음 졸이지만, 좀 수준이 낮은 직장에 들어

가면 그만둘까 봐 사장이 직원 눈치를 보며 전전긍긍한다. 큰소리치며 마음 편하게 직장 생활을 할지, 월급 좀 더 받으면서 늘 조마조마하며 살지 그 차이다. 고민도 아닌데 뭘 그런 걸 가지고 고민을 하냐?'라는 답변을 해주었다.

맞는 말씀이다. 모든 것이 마음에 달렸다. 지금 직장이 너무 힘들면 일의 수준을 좀 낮추어서 일자리를 찾으면 된다. 그게 용납이 안 된다면 지금 직장에서 좀 덜 힘들게 일할 수 있는 방법을 찾으면 된다.

물론 자기 업무와 직접 관련된 일에서는 해고 대상이 될 정도로 일을 안하면 곤란하다. 그렇게 해도 일이 여전히 힘들면 그 직장이 내 능력 밖의 직장일 수 있다. 그럴 때는 법륜스님 말씀처럼 덜 힘든 직장으로 옮겨가면 된다.

? 물음표

**어떤 마음으로 직장생활에 임하시나요?**

## 힘들게 하는 고민은 놓아 주자

걱정한다고 달라지는 건 정말 아무것도 없다. 지금 나를 힘들게 하는 고민은 빨리 놓아 주고 마음의 짐을 덜자.

"지금까지 인생 경험을 통해 어떤 문제든 고민만 한다고 해결되지 않는다는 사실을 익히 알고 있을 것이다. 고민이 있어도 구태여 깊이 생각하지 않는다. 고민거리를 방치해 두고 눈앞의 일만 담담하게 하다 보면 무슨 일이든 '되는대로' 되게 마련이다."

정신과 전문의인 호사카 다카시의 《나이듦의 기술》에 나오는 말이다.

하지만 나처럼 평범한 사람은 그게 잘되지 않는다. 그래서 나같은 사람을 위한 친절한 조언도 있다.

"걱정거리가 있을 때 바로 이불을 뒤집어쓰고 잠들어버리는 것이다. 자려고 하면 할수록 고민이 떠올라서 잠이 오지 않는다면 술의 도움을 약간만 빌리자. 술을 잘 못하는 사람도 포도주나 매실주 같은 과실주는 큰 부담 없어 마시기 좋다. 잠들면 무념무상에 드는 것과 마찬가지다. 술 덕분에 푹 자고 일어난 아침에는 고민거리가 어느 틈엔가 사라져 있다."

굳이 정신과 전문의에게 상담받지 않더라도 고민이 있을 때 누구나 한 번쯤 해본 방법일 것이다.

예전에 황당한 고객을 만나서 애써 컨설팅을 해주고 대금을 못 받은 일이 있었다. 성공 보수 금액이 크다 보니 그 돈을 주지 않으려고 상대가 꼼수를 부린 것이다. 금액이 아파트 한 채 값은 되니 포기하기도 어려웠다. 변호사와 상담을 했더니 "상대가 워낙 지능적인 것 같습니다. 억울하시겠지만 증거 부족으로 좀 어려운 소송이 될 수 있습니다."라고 했다. 법대를 나와 고시공부를 10여 년 했다는 고객은 처음부터 나를 이용할 목적으로 법적으로 요리조리 빠져 나갈 수 있게 모든 준비를 해두었던 것이다. 당하고 나서 수소문을 해보니 나처럼 이런저런 일로 당한 사람이 한둘이 아니었다. 분한 마음에 이 사기꾼을 어떻게 해야 하나 고민하느라 한동안 잠을 제대로 잘 수 없었다. 그래서 잠들기 전에 술을 한두 잔씩 마시기 시작했다. 그런데 술이라는 게 마시면 느는 것 같았다. 처음에는 한 잔만 마셔도 잠이 들었는데 몇 달이 지나니까 여러 잔을 마셔도 잠이 오질 않았다. 게다가 아침에 일어나면 몸 컨디션도 좋지 않았다. 그래서 술에 의존하는 방법은 그만두었다.

그래도 정의는 살아있다는 믿음으로 그 사기꾼을 상대로 소송을 진행했다. 태어나서 처음 해본 소송이었다. 상대는 수단과 방법을 가리지 않고 승소하게 해준다고 알려진 고액의 변호사를 선임했다. 소송의 승패를 떠나서 피고 측 변호사가 제출한 황당한 거짓말로 구성된 답변서를 읽고 있노라면 억울함과 분노로 가슴에 심한 통증이 왔다. 재판이 진행되는 2년 넘는 기간 동안 병원도 여러 번 다녀야 했다. 결국 패소하고 상대방 소송비까지 물어주었다. 정의가 늘 살아있는 건 아니었다.

남에게 싫은 말 한 마디 못하고 살던 내가 소송하면서 겪어야 했던 스트레스는 말로 다 할 수 없을 정도였다. 두 번 다시 겪고 싶지 않았다. 그래서 그 이후로는 웬만큼 손해를 본 건 병원비 대신이다 생각하고 소송하지 않고 그냥 마음을 접는다. 그런 일을 겪고 나니 법을 잘 알고 있는 사람의 컨설팅 의뢰는 일단 피하고 보는 트라우마도 생겼다. 내게 생긴 트라우마는 〈외상 후 스트레스 장애(post-traumatic stress disorder, PTSD)〉라는 심리학 이론으로 설명할 수 있을 것 같다(American Psychiatric Association, 2013). 이는 폭력, 사고, 전쟁, 성폭력, 자연재해 등과 같은 충격적인 경험을 한 사람들이 나타내는 정신적인 문제라고 한다. 이런 경험을 한 사람들은 그 경험을 생생히 떠올리면서 불안, 공포, 분노, 울적함 등의 강한 감정을 느끼게 되고, 이러한 감정들이 일상생활에 영향을 주어 정상적으로 살아가는 것이 어려워진다. 비슷한 상처를 입을 가능성이 있는 상황이 되면 공포와 불안을 느끼는 것이다.

나도 모르게 법률 지식이 많은 사람들이 컨설팅을 의뢰하면 모두 '나쁜' 사람이나 '신뢰할 수 없는' 사람들로 인식하게 된 것이다. 그래서인지 뉴스에서 누가 무죄 판결이 났다고 해도 곧이곧대로 그 판결을 믿지는 않게 되었다. 나처럼 억울한 사람들도 꽤 있을 거라는 걸 알게 되었기 때문이다.

그런데 세월이 흐른 지금은 고민 자체를 잘 하지 않는 사람으로 변했다. 고민을 하더라도 딱 10분 정도만 하는 나만의 노하우가 생겼기 때문이다. 여러 해 전에 지인에게 모래시계를 선물 받은 것이 계기가 되었다. 내게 그 모래시계를 선물한 사람은 "나는 고민이 생기면 모래시계를 엎어 놓고, 모래가 다 떨어지면 그 고민은 더이상 하지 않아요."라고 했다. 듣는 순간 '아, 이거네!'라는 생각이 들었다. 처음에는 물론 쉽지 않았다. 그래도 꾸준히 실천했더니 정말 효과가 있었다. 고민하는 시간도 점점 줄어들어서 모래가 다 떨어지기 전에 마음이 정리되곤 했다. 그렇게 훈련이 되고 나니 이제는 모래 멍을 하지 않아도 더이상 고민을 잘 하지 않게 되었다.

또 한 가지 시도했던 방법은 고민을 남의 일처럼 객관화해 보는 것이다. 한번은 수익금을 나누기로 하고 지인에게 투자를 한 적이 있었다. 투자금과 수익금을 돌려받아야 하는 날 그 지인에게서 "수익금으로 계약한 금액 대신에 은행 이자 정도만 돌려주면 안 되겠냐?"는 연락이 왔다. 당시에는 은행 이자가 거의 없다시피 했던 시기여서, 그렇게 되면 몇 년간 내 투자금을 무상으로 쓴 셈이 되는 것이다.

"은행 이자만 받을 거면 은행에 넣어두고 마음 편히 지내지 뭐 하러 투자를 했겠어요. 일단 만나서 이야기를 하시지요."

내가 이렇게 이야기를 하자 상대는 "알았다."며 전화를 끊었다. 그리고는 며칠이 지나도 연락이 되지 않았다. 그때 상상할 수 있는 최악의 시나리오는 투자금을 모두 날리는 것이었다. 불안한 마음으로 며칠을 보낸 후 상대의 지인에게 연락을 해보았다. 그런데 내가 상상했던 최악의 시나리오조차 벗어난 말이 핸드폰 너머로 들려왔다.

"아휴, 사장님도 당하셨군요. 사장님 같은 분이 한두 사람이 아니에요. 그런데 그 사람 죽었어요."

"네?"

"자살했어요. 저도 어제서야 알았어요."

순간 세상이 멈추어 버린 것 같았다. 얼마 전에도 사업 이야기를 하며 식사를 함께했고, 불과 며칠 전에 전화 통화를 했던 사람이었다. 그런데 더 이상 이 세상 사람이 아니라니….

죽은 사람에게는 미안한 일이었지만 정신을 차리고 상대의 재산 목록을 조사했다. 예상했던 대로 돈이 될 만한 것은 없었다. 혹시 그 가족의 양심에 기대를 걸어볼까 했지만 그 희망마저도 물거품이 되었다. 상속 포기 신청을 해버렸기 때문이다. 상대가 자살을 했으니 계약서도 공증 서류도 모두 휴지조각이 되어버렸다.

나는 일단 마음을 진정시키고 이 상황을 남의 일처럼 객관화해 보았다. '누군가 이런 상황을 의논한다면 어떻게 답을 해주었을까?' 내가 해줄 수 있는 답은 이랬다.

"방법이 없네. 잊어버리는 방법 말고는 없어. 싸울 상대가 이미 이 세상에 없잖아. 상대가 자살할 가능성에 대해서는 전혀 생각해 보지 못한 네 잘못이야. 앞으로는 상대가 자살할 경우나 갑자기 죽을 경우까지 생각해서 투자하도록 해."

이렇게 결론을 내리고는 마음이 힘든 나를 위로하려고 일부러 좋은 와인을 한 병 꺼내서 한 잔 하고는 그 다음날 해가 중천에 뜰 때까지 푹 잤다. 그리곤 집 한 채 값이나 되는 그 돈을 머리에서 지워버렸다. 고민한다고 죽은 사람이 살아 돌아오지는 않을 테니 말이다.

사람은 고민을 하느라 감정이 힘들어지면 평소에는 이성적으로 판단을 잘하던 사람도 시야가 좁아지기 마련이다. 그런 상황이 되면 그 자살한 사람처럼 어리석은 선택을 하거나 후회할 일을 하게 된다. 그래서 나는 감정이 편치 않을 때는 마음이 가라앉을 때까지 어떤 판단을 하거나 행동을 취하지 않는다. 대신 한 발 떨어져서, 무언가 집중할 다른 일을 하면서 시간을 보낸다. 사람들과 어울리기도 하고, 대청소를 하기도 한다. 아니면 지칠 때까지 몇 군데 동네의 대형 마트 순례를 하며 다닌다. 마트의 수많은 물건들을 둘러 보다 보면 어느새 고민은 잊고 열심히 장바구니를 채우고 있는 나를 발견하게 된다.

이렇게 고민에서 거리를 두다 보면 마음이 편해지기도 하고, 저절로 고민이 풀리는 경우도 있었다. 살아보니 걱정한다고 달라지는 건 정말 아무것도 없었다. 지금 나를 힘들게 하는 고민은 빨리 놓아 주고 인생의 무게를 덜자.

? 물음표

**고민이 생기면 어떻게 해결하시나요?**

## 너무 잘하려고 애쓰지 않아도 괜찮아

필요 이상으로 일을 잘하려고 애쓰지 않으며 살아간다.

어느 날 우연히 도서관에서 나이토 요시히토의 《처세의 달인》이라는 책을 읽게 되었다. 책 내용 중에 '가지고 있는 능력의 1/3만 쓰고, 꼭 필요할 때만 능력을 보여주라'는 특이한 조언이 눈에 들어왔다. '집단생활에서 너무 유능해 보이면 상대방의 질투를 사게 되니까 너무 유능해 보이지 않도록 하라. 그리고 일은 보이는 곳에서 열심히 하라.'는 내용도 있었다. 누가 보지 않아도 맡은 일은 밤을 새워서라도 최대한 빨리 처리하는 게 습관이 되어 있던 나로서는 처음에는 와닿지 않는 내용이었다. 그런데 책을 덮고 곰곰이 지나온 일들을 생각해 보니 저자의 말이 일리가 있었다.

내가 일을 빨리 잘해주었을 때 내게 일을 의뢰한 사람의 태도는 크게 2그룹으로 나뉘었다. 한 그룹은 내 능력을 인정해 주고 그에 상응하는 대가를 지불해 주었다. 그리고 일이 있으면 나만 찾았다. 또 다른 그룹은 빨리 일을 끝낸 걸 보면 그 일이 대가를 지불할 만큼 어려운 일이 아니라고 생각하는 그룹이었다. 그들은 약속했던 보수보다 적게 혹은 심지어 지불하지 않으려고 했다. 그런데 일을 해보면 속상하게도 후자가 더 많았다. 그런 의뢰인을 만나면 나는 피카소와 관련된 일화를 말해주곤 했다.

아름다운 한 여인이 파리의 카페에 앉아 있는 파블로 피카소에게 다가와 자신을 그려 달라고 부탁하면서 적절한 대가를 치르겠다고 말했다고 합니다. 그러자 피카소는 몇 분만에 여인의 모습을 스케치해 준 다음 50만 프랑, 한화로 약 8천만 원 정도를 요구했습니다. 그러자 여자가 놀라서 항의를 했습니다. "아니, 선생님은 그림을 그리는 데 불과 몇 분

밖에 걸리지 않았잖아요?" 그러자 피카소가 이렇게 대답을 했다고 합니다. "천만에요. 나는 당신을 이렇게 그리는 실력을 얻기까지 40년의 시간이 걸렸습니다."

"저도 이 업무를 이렇게 신속하게 잘하기까지 20년이 넘는 시간이 걸렸습니다." 이렇게 말을 하고 나면 대부분의 고객들은 떨떠름한 표정을 지으며 말을 얼버무린다. 그래도 결국은 약속된 금액보다 적게 지불하는 사람이 대부분이었다.

생각이 여기에 미치자 《처세의 달인》 저자가 해준 말은 그동안 나를 힘들게 했던 문제를 해결해줄 수 있는 중요한 조언이었던 것이다. 그 책을 읽은 후로 나는 전력 질주하지 않아도 되는 일은 필요한 만큼만 해보았다. 평소보다 중간에서 조금 더 하는 수준 정도로 업무를 처리한 것이다. 그런데 아무 문제가 없었다. 굳이 매사에 전력 질주하지 않아도 된다는 걸 알게 된 것이다. 덕분에 이제는 더이상 아무 때나 필요 이상으로 일을 잘하려고 애쓰지 않으며 살고 있다.

그렇다고 이제는 그 완급을 늘 잘 조절하고 사는 건 아니다. 몇 년 전 남들 다한다는 유튜브를 해 본 적이 있다. 처음에는 부담 없이 가벼운 마음으로 시작했다. 그런데 사람들의 댓글이 달리기 시작하자 나도 모르게 점점 빠져들었다. 댓글 읽는 재미가 쏠쏠해서 모든 댓글을 읽고 일일이 답변을 달아 주었다. 구독자가 얼마 되지 않았을 때는 취미삼아 할 만했다. 그런데 몇 만을 넘어가자 시간과 체력에 문제가 생기기 시작했다. 새벽까지 잠을 줄여가면서 하나도 빼지 않고 댓글을 읽고 답글을 달아주었더니, 잠이 부족해서 눈가가 올빼미처럼 시커멓게 변해 버렸다.

게다가 장시간 컴퓨터를 들여다보았더니 눈에 부담이 갔는지 이상증세가 와서 꽤 오랫동안 안과 치료를 받아야 했다. 그러다 "계속 눈에 무리가 가면 좋지 않다"는 의사의 말을 듣고는 유튜브를 접어버렸다. 예전에 "강의를 하지 말라."는 의사의 말을 듣지 않았다가 목에 이상이 생겨서 10여 년을 거의 벙어리로 지낸 악몽이 떠올라서였다.

유튜브를 중단하고는 한동안 아쉬운 마음이 가시질 않았다. '유튜브도 너무 잘하려고 애쓰지 않고 적당히 했다면 계속 꾸준히 할 수 있었을 텐데….'하는 마음이 들어서였다. 다시 한번 남은 인생 동안 '너무 잘하려고 애쓰지 말자'는 쓰라린 교훈을 얻는 계기가 되었다.

? 물음표

**잘하고 싶은 일이 생기면 어떻게 하시나요?**

## 지치지 않을 만큼만 하자

힘들면 "힘들다"고 말해야 한다. 무작정 참고 버티면 모든 것이 멈춰버리는 순간이 온다.

요즘은 직장이 곧 인생이라고 믿는 '워커홀릭'은 거의 없는 것 같다. 일과 삶의 균형 즉 '워라밸'을 넘어서 직장에서 최소한의 일만 하는 조용한 사직을 뜻하는 콰이어트 퀴팅(quiet quitting)이라는 말까지도 생겼으니 말이다. 이 모든 변화는 직장의 과한 업무 스트레스에서 벗어나기 위해서이다. 이처럼 직장을 대하는 사람들의 생각과 태도에 변화가 있음에도 불구하고, 여전히 많은 사람들이 직장에서 '번 아웃' 경험을 토로한다.

《번아웃 세대》의 곽선연 저자는 "번아웃은 그야말로 불에 타버린 재처럼 불을 붙여도 더이상 타오를 수 없는 상황에 도달한 것을 말한다. 번아웃 초반에는 불이 활활 타오르듯 이에 대한 열정으로 가득하지만 점차 에너지와 감정이 소진되어 나중에는 갑자기 아무것도 할 수 없는 무력감과 피로감을 느낀다."라고 설명한다.

나도 10여 년 전에 과로로 길거리에 쓰러졌을 때, 움직일 수 있었는데도 무력감으로 꽤 오랫동안 누워서 꼼짝하지 못했던 일이 있었다. 이제 와서 생각해 보니 내가 그때 '번아웃' 상태였던 것 같다.

《내가 뭘 했다고 번아웃일까요》의 저자인 정신건강의학과 안주연 교수의 말에 의하면 이런 번아웃은 일을 못하는 사람이 아니라 오히려 일을 잘하는 사람이 빠지는 경우가 많다고 한다. 상사는 일을 잘하고 태도가 좋은 직원에게 업무를 우선적으로 주기 때문이라고 한다. 나의 경우를 보더라도 맞는 말이다. 나도 직원들에게 업무 지시를 할 때 계속 실수를 하거나 상황 파악을 잘 하지 못하는 직원보다는 척하면 알아서 일을 해주는 직원에게 계속 업무를 주곤 했다. 마음속으로는 미안한 마음이 있었지만 일을 제대로 못하는 직원과 실랑이하며 스트레스 받는 것보다는 미안함을 택했다.

어느 날 급한 일이 생겨서 그날도 역시 일 잘하는 직원에게 업무를 맡기려고 했다. 그런데 그 직원이 울상을 하며 "일이 너무 많아서 제가 요즘 계속 일을 해야 할지 고민 중입니다. 체력이 딸려서요."라고 말을 하는 것이었다. 그제야 내가 너무 이기적이었다는 걸 깨달았다. 그 후로는 그 직원에게 업무가 적절히 가도록 마음을 써주었다. 힘들면 "힘들다."고 말해야 한다. 무작정 참고 버티면 모든 것이 멈춰버리는 순간이 온다. 말하지 않으면 나처럼 상대방은 잘 모르기 때문이다. 물론 힘들다고 말해도 상대방이 바뀌지 않을 수도 있다. 그런 문제는 그때 가서 생각해도 늦지 않는다.

번아웃은 질병으로 분리되지 않는다고 한다. 그러니 번아웃이 왔다고 직장에 쉬겠다고 말할 수도 없다. 스스로 판단해서 번아웃이 온 것 같으면 방법을 찾아서 무조건 충분히 휴식을 취해줄 수밖에 없다. 조금 더 버틸 수 있어도 나중을 위해 쉬어주어야 한다. 그래야 다음이 있다. 왜냐하면 너무 지치면 합리적인 생각과 판단을 하기가 어려워지기 때문이다. 마치 길을 잃었는데 어느 길로 가야 할지 잘 모르겠고, 앞의 길이 안 보이는 것과 같은 상황이 되는 것이다. 그럴 때는 의학적인 도움을 받는 것을 주저하지 말아야 한다.

《나는 오늘도 소진되고 있습니다》의 저자인 이진희 한의학 박사는 '번아웃이 된 상황에서 도움을 받는 것은 계단에서 넘어져서 다리에 깁스를 한 사람이 타인의 도움을 받는 것과 같은 상황이다. 몸이 아플 수 있는 것처럼 마음도 아플 수 있다. 아플 때 도움을 받는 것은 잘못된 것이 아니다'라고 설명한다.

나는 수십 년간 목뒤가 늘 뻣뻣하고, 어깨와 등 그리고 허리 통증으로 매일 고통을 받았다. 이런 통증을 줄이기 위해 중국에 있을 때는 수시로 마사지를 받았다. 그럴 때마다 마사지사는 "무슨 일을 하시는데 어깨 근육이 이렇게 단단하게 뭉쳤어요?"라며 이런저런 질문을 해댔다. 병원을 다녀 봐도 특별한 병명도 없었다. 그런데 최근 번아웃에 관한 자료를 보고 나서야 그 통증이 번아웃 때문이었을 거라고 짐작해본다. 이진희 박사가 번아웃이 심할수록 목, 어깨, 등, 허리에 만성 통증이 있는 경우가 많다고 말한 걸 읽고 문득 든 생각이다. 그런데 내가 10여 년 전에 '열심병'에서 빠져 나온 이후로는 그런 통증이 거짓말처럼 없어졌다. 그래서 내가 겪었던 통증이 번아웃 증세 중 하나였을 거라 추측해 본 것이다.

지치지 않을 만큼만 일하는 방법으로 내가 찾아낸 방법은 목표를 낮게 잡는 것이었다. '목표를 낮게 잡기!' 이 방법은 1990년 에드윈 로크(Edwin Locke)와 게리 라담(Gary Latham)이 제안한 〈목표설정 이론(Goal-Setting Theory)〉이라는 심리학 이론으로 설명할 수 있을 것 같다. 이 이론에 따르면 목표의 난이도는 개인의 능력과 기술에 맞게 설정해야 하며, 너무 높은 목표를 설정하면 좌절감, 불안감 및 번아웃을 유발할 수 있다고 한다. 반면에 낮은 목표를 설정하면 스트레스를 덜 받고, 강한 성취감을 느낄 수 있으며, 실패감을 덜 느끼게 된다고 한다.

그동안 '목표를 높게 잡아야 한다.'는 말을 자주 듣고 지낸 사람은 좀 의아해 할 것이다. 나도 수십 년간 늘 목표는 높게 잡아야 하는 것으로 알고 그렇게 실천해 왔으니까 말이다. '높게 목표를 잡으면 목표의 반만 달성해도 낮게 잡은 것보다 높게 달성하게 된다.'는 논리에 설득되어서였다. 하지만 그렇게 해보니 그 과정에서 겪는 스트레스가 어마어마했다. 설령 목표를 달성하더라도 그 과정의 즐거움을 놓치는 경우가 대부분이었다. 그런데 목표를 낮춘 후 단계별로 높여가는 방법으로 바꾸고 나서부터는 스트레스가 확 줄었다.

이 방법은 높은 목표를 달성하지 말자는 뜻이 아니다. 최종

적으로 이루고 싶은 목표에 도달하는 방법을 바꾸어 본 것이다. 나에게 맞는 적정한 목표가 이루어지면 그다음 단계의 목표를 새로 잡아가면 되는 것이다. 그렇게 해나가다가 그 목표가 필요 없어지거나, 더 하길 원치 않거나, 그만하면 충분하다고 생각되면 그만두는 것이다. 그러니 필요 없는 노력을 할 필요도 없고, 쓸데없이 더 잘하려고 지칠 필요도 없다.

가령 봉재를 배우고 싶다면 처음 목표는 에코백 만들기 정도로 정한다. 에코백을 만들 수 있게 된 시점에서 봉재가 재미있고 더 배우고 싶으면 그 다음 단계로 앞치마나 간단한 홈웨어를 만드는 것으로 목표를 다시 설정한다. 거기까지 해보니 별 재미가 없고 내 인생에 별로 도움이 되지 않을 것 같으면 거기서 그만두면 된다. 혹은 자신의 새로운 재능을 발견하고는 꾸준히 노력해서 그 방면에서 대성할 수도 있다. 그런데 처음부터 멋진 정장을 만들겠다는 목표를 세우면 대부분의 경우에는 중간에 이런저런 이유로 목표를 이루지 못하게 된다. 그렇게 되면 성취감도 없고, 과정을 즐기지도 못하고 어떤 것도 제대로 해내지 못하는 사람으로 스스로에 대한 인식이 쌓여 간다. 게다가 성공의 경험이 없어서 매사 자신감이 없는 사람이 되기 쉽다. 모든 걸 다 잘할 수는 없다. 몸도 하나고 시간도 한정되어 있기 때문이다. 그러니 내가 지치지 않을 만큼만 하며 효율적으로 사는 방법을 찾아가는 지혜가 필요하다.

핸드폰이 방전되면 전화기가 꺼지기 전에 충전을 한다. 핸드폰 전원이 꺼지면 큰일이나 난 듯이 핸드폰 숍에까지 들어가 양해를 구하고 충전을 시킨 적도 있었다. 하물며 너무도 소중한 '나'의 에너지 레벨이 떨어진다면 당연히 쉬면서 재충전을 해야 하지 않을까?

그런데 핸드폰을 충전할 때 충전기에 꽂아 놓고 계속 핸드폰을 사용하면 충전하는 시간이 더 오래 걸린다. 충전할 때는 충전만 하는 것이 제일 빠르게 충전시키는 방법이다. 사람도 마찬가지다. 쉴 때는 쉬기만 해야 빨리 회복된다. 너무 열심히 살아온 누군가에게는 쉬운 듯 쉽지 않은 일일 수 있다. 그래도 쉴 땐 그냥 쉬는 데 열중하자.

? 물음표

**몸과 마음이 지칠 때는 어떻게 하시나요?**

## 내가 있어야 가족도 있다

나를 위해 살게 되면 나중에 가족을 원망하지 않아도 된다. 하지만 내 인생을 가족을 위해 희생하면 가장 가까운 가족이 원망의 대상이 될 수도 있다. 그러니 나부터 먼저 챙기고 나서 가족을 챙겨도 괜찮다.

'가족!' 듣기만 해도 따뜻한 말이다. 인생을 살아가면서 가족과 사이가 좋다면 그보다 더 좋을 수가 없을 것이다. 그런데 주변을 둘러보면 의외로 그렇지 않은 경우를 많이 본다.

힘들게 하는 가족을 견디다 못해 멀리하면 세상은 등을 돌린 사람에게 손가락질을 하고 본다. "그럴 수도 있었겠다." 혹은 "오죽하면 그랬겠어?"라는 수궁의 말이 들리기까지는 상당한 시간이 걸린다. 그럼에도 불구하고 가족 관계에서 입은 상처는 그 가족을 멀리하지 않으면 회복되기가 어렵다. 그래서 누군가 가족으로 인해 고통을 받고 있다면 "일단 가족으로부터 벗어나라!"고 말해 준다.

나 역시 50대 초반까지 부모 형제와의 금전적 굴레에서 벗어나지를 못했다. 그들이 돈이 필요하다고 하면 은행 대출을 받아서라도 마련해주곤 했다. 그런데 그들은 내 사정이 어려웠을 때 나를 외면했다. 그 섭섭함은 이루 말할 수가 없었다. 그런데 이 나이가 되어보니 그건 그들을 탓할 일이 아니었다. 모두 내 탓이었다. 그들이 성인이 된 후에는 각자 알아서 살도록 놔두었어야 했다. 거절을 못하고 계속 도와준 사람은 누구도 아닌 바로 나였던 것이다.

결혼을 해서도 마찬가지였다. 어찌하다 보니 시댁 생활비와 정신병원에 입원해 있는 시동생 병원비까지 내가 벌어서 내주는 상황이 만들어졌다. 나보다 훨씬 잘 사는 시아주버니가 있었는데도 그랬다. 이런 상황은 내가 힘들게 벌어서 보낸 생활비로 시어머니가 밍크코트를 사입고, 이틀에 한 번씩 미용실에서 머리 손질을 하고, 피부 관리를 위해 마사지 숍에 다니고 있다는 걸 알게 될 때까지 지속되었다. 나는 마음이 그다지 넓은 사람은 아닌가 보다. 그런 상황을 내 눈으로 확인하자 "더 이상 생활비를 드릴 여유가 없다"며 선을 그었으니 말이다. 돈을 요청하는 시어머니에게 "없다."고 거절을 하고 나서야 겨우 그 굴레에서 벗어날 수 있었다. 한동안 원망을 들어야 했지만 그뿐이었다. 그들은 내가 관여하지 않아도 알아서 잘 살았다. 그후로는 그들을 '이웃사촌이다' 이렇게 생각하고 대했더니 오히려 관계가 더 편해졌다. 만나면 오랜만에 만난 이웃처럼 반가워하고 좋게 대했다. 내가 이웃에게 친절하게 대하듯이 말이다.

만약 힘들게 하는 가족이 있는데 나처럼 이웃사촌으로 대하기도 어려운 상황이라면 안 보고 살면 된다. 몸이 멀어지면 마음도 멀어져서 갈등도 사라지기 마련이다. 외동인 아들은 내게 이런 말을 종종 한다.

"엄마, 나는 형제가 없어서 정말 다행이에요. 나를 힘들게 할 사람이 없어서요."

내가 사는 모습을 지켜본 아들의 답답한 심정이 응축된 말이다.

자녀에 대해서도 마찬가지였다. 아이를 키우면서 남이 보기에도 지나칠 정도로 에너지를 쏟아부었다. 출산 후 몸조리를 마치고 나서부터는 화장실에 다녀오는 시간을 빼고는 아이에게 조기 교육을 시키고 책을 읽어 주었다. 당시에 한참 유행하던 조기 교육을 시킨답시고 직접 미국의 '글랜도만 연구소'를 찾아가 교육을 받고, 일본의 '시찌다 교육 연구소'를 찾아가 교사 과정까지 수료했다.

심지어 아이가 18개월 될 때까지는 모든 외부 활동을 중단하고 24시간 아이 곁을 떠나지 않았다. 아이가 목을 가누게 될 때까지 밤새 거의 잠도 자지 않고 아이를 지켜보느라 심각한 수면장애까지 겪었다. 아이가 걸음마를 하다가 넘어지면 아플까 봐 온 집에 두꺼운 고무판을 깔고 가구마저 다 치워 버린 채 생활했다. 심지어 걸음마를 배우다 넘어져도 아프지 않게 해주려고 고운 모래사장이 있는 바닷가에 가서 며칠 동안 머물며 걸음마를 가르치기도 했다.

백일이 지나고부터는 스즈키 바이올린도 가르쳤다. 전국 스즈키 바이올린 연주회 무대에 기저귀를 찬 18개월 된 아기가 연미복을 입고 합주를 하기도 했다. 그런 내게 인생 선배들은 "그렇게 아이 키우면 나중에 상처받는다. 지금부터 자식을 마음에서 내려놔야 한다. 그래야 자식이 실망시키거나 떠날 때 상처를 덜 받는다."고 충고해주었다. 나는 이 중요한 인생 조언을 한귀로 흘려들었다.

그런데 이렇게 유별나게 키운 아들이 사춘기를 맞이하면서부터 인생 선배들의 말뜻을 비로소 알게 되었다. 아이가 내 생각대로 커주지 않을 때 받는 상처와 고통이 감당하기 힘들 때가 한두 번이 아니었기 때문이다. 우울증에 수시로 시달려야 했다. "그렇게 유별나게 아이를 키우더니 결국 그 꼴이야?"라는 소리를 들을까 봐 혼자서 끙끙 앓다 보니 증세가 더 심했던 것 같다.

세월이 흘러 뒤늦게나마 수십 년 전에 들었던 인생 선배들의 교훈을 실천하고 있다. 이제는 '기대가 없으면 다 효자 효녀다'라는 옛말을 마음에 새기며 살고 있다. 마음을 비우고 기대를 없애니 건강하고 착하게 잘 자라준 아들이 무척 고맙다. 많이 늦은 감이 있지만 이제는 나보다 더 오래 살고 있는 분들의 이야기를 귀담아 들으려고 노력한다. 내가 만약 몇십 년 전으로 돌아갈 수만 있다면 인생 선배들의 말을 새겨 듣고 아들에게 그렇게 지독하게 올인하지 않을 것이다. 그냥 지켜봐 주고 듬뿍 사랑해 주었을 것이다. 그랬다면 내 인생도 훨씬 여유 있고 행복했을 것이고, 아이에게도 더 다양한 기회를 주었을 것이다.

《만일 내가 인생을 다시 산다면》의 저자인 정신분석 전문의 김혜남 박사는 좋은 부모가 되려고 너무 애쓰지 말라며 이렇게 조언한다.

"좋은 부모란 아이의 필요를 언제 어디서나 항상 충족시켜 주는 부모가 아니다. 사람이 성장하려면 어느 정도의 결핍과 좌절을 경험해야 한다. 결핍되고 상실한 것을 스스로 찾아 메우려는 노력이 바로 사람이 성장하는 과정이다. (중략) 그러므로 부모가 아이에게 해줄 수 있는 것은 줄 수 있는 만큼의 사랑과, 할 수 있는 만큼의 최선을 다하는 것이다. 그리고 아이들이 부모의 곁을 떠나갈 때 잘 떠나보내는 것이다. 그러니 좋은 부모가 되려고 너무 애쓰지 말았으면 좋겠다. 이상적인 부모는 상상 속에서나 가능한 법이니까."

상상 속에나 있는 이상적인 부모가 되려고 그렇게도 노력했던 '3040시절의 나'에게 나도 똑 같은 말을 해주고 싶다.

"좋은 부모가 되려고 너무 애쓰지 않아도 괜찮아!"

? 물음표

**가족과 어떤 관계를 유지하고 있나요?**

둘째 마당

# 노력해도 안 되는 것

## 죽음을 경험해 보았더니

지금 또다시 내게 죽음의 순간이 온다 해도 '더 열심히 살았다면' 같은 후회는 하지 않을 것이 분명하다.

27살의 나는 산소 호흡기로 연명하며 죽은 사람처럼 병실에 누워 있었다.

"급성폐렴인데 상태가 많이 안 좋습니다. 오늘 저녁을 넘기기 어려울 것 같네요. 마음의 준비를 하셔야 할 것 같습니다."

아득하게 아주 멀리서 들리는 듯한 의사의 말소리였다. 인간이 죽음에 이를 때 가장 늦게까지 남아 있는 감각이 청각이라고 한다. 그래서였을까? 의학적으로는 분명 혼수상태였음에도 의사와 가족이 나누는 소리를 들을 수 있었다. 몸은 이미 아무 감각도 없고 통증마저 느낄 수 없었다. 하지만 신기하게 생각은 할 수 있었다. 곧 죽는다는 말에 나는 간절히 기도를 시작했다.

"하나님, 저 지금 이대로 죽으면 너무 억울해요. 이 나이 될 때까지 밤새가며 공부하고, 어린 동생들 돌보느라 제대로 쉬어보지도 못하고, 몸이 아파도 참고 죽어라 일하고, 재미 있게 놀아본 적도 없어요. 다 아시잖아요. 제발 한 번만 살려 주세요. 살려 주시면 좋은 일 하면서 더 착하게 살겠습니다."

살려 달라고 기도를 하고 있자니 지난날들이 영사기를 돌린 것처럼 휘리릭 지나가며 보였다. 초등학교 4학년 때였다. 아버지는 "세상에 유익한 사람이 되고 동생들을 잘 돌보아라."는 유언을 남기고 돌아가셨다. 늘 말 잘 듣는 딸이었던 나는 아버지의 뜻에 따라 어린 동생 넷을 돌보며 세상에 유익한 사람이 되려고 공부에도 최선을 다했다. 하지만 몸이 허약했던 내가 정신력으로 버티며 동생들을 돌보기란 쉬운 일이 아니었다.

사람은 죽음을 맞이할 때 부정, 분노, 타협, 우울, 수용의 5단계(Elizabeth Kubler-Ross, E.)를 거친다고 한다. 그런데 갑자기 쓰러져 죽음을 맞이하게 된 나는 그런 단계를 거칠 시간적 여유가 없었다. "살려주신다면…."이라는 신과의 타협 정도를 잠깐 해보다가 그만 완전히 정신줄마저 놓아버렸으니 말이다. 아마 진짜 죽음의 문턱까지 갔던 것 같았다.

시간이 얼마나 흘렀을까? 눈이 떠졌다. 그런데 하늘나라가 아니라 병실이었다. 코와 입에는 산소호흡기가 연결되어 있었다. 몸이 천근만근이라 움직일 수는 없었지만 감각도 느껴졌다. 분명 나는 살아있었다. 나중에 가족의 말을 들어보니 혼수상태로 사경을 헤매던 내가 눈물을 하염없이 흘렸다고 했다. 아마도 살려달라고 간절히 기도 하는 동안이었나 보다.

쓰러질 당시 나는 직장에 다니고 있었다. 그 한 달 전쯤 감기 증세가 있었다. 하지만 직장에 들어간 지 얼마 되지 않은데다가 회사 분위기가 병원에 다녀오겠다거나 쉬겠다는 말을 꺼내기가 어려웠다. 할 수 없이 약국에서 감기약을 사먹으며 악으로 버텼다. 그러던 어느 날 야근을 하고 퇴근길에 버스에 앉아 있는데 온몸에 열이 나기 시작했다. 앉아 있기도 힘이 들었다. 버스에서 내려 무거운 발걸음을 옮기며 집으로 향하던 나는 어느 순간 그만 정신을 잃고 쓰러져 버렸다. 그래도 살 운명이었는지 집 근처 단골 식품점의 문고리를 잡고 "아줌마!"를 부르며 쓰러졌다. 덕분에 근처에 있던 큰 병원으로 옮겨졌다. 나중에 들어보니 행인 여러 명이 함께 도와주었다고 한다.

태어나서부터 몸이 무척 약했다. 그러다 보니 초등학교에 입학해서도 아픈 날이 많았다. 그런데도 어머니는 절대 결석, 지각, 조퇴를 못하게 했다. 아무리 아파도 책상에 엎드려서라도 수업을 다 받아야만 했다. 수업이 끝나면 그제야 어머니가 나를 등에 업고 집으로 데려왔다. 정신력을 길러주겠다던 어머니 나름의 교육 방법이었다. 덕분에 유치원부터 고등학교까지 해마다 개근상이라는 것을 받았다. 습관이 된 나는 개근상이 없는 대학교에서도 4년 내내 수업을 빠져본 적이 없었다. 그런 가정교육을 받고 자란 탓에 몸이 아픈데도 미련하게 꾹꾹 참고 일했던 것이 감기를 급성 폐렴으로 키워 목숨까지 내어 줄 뻔했던 것이다.

퇴원한 지 2년 정도쯤 되었을 때였다. 평소 좋지 않았던 위장병 증세가 심해졌다. 위경련을 수시로 일으킬 정도까지 되었다. 병원에서는 스트레스성 위장병이라고 했다. 담당의사는 스트레스가 생기지 않게 매사 너무 참지 말고 할 말이 있으면 하면서, 편하게 생활하라고 권했다. 그런데 그게 쉽게 되는 일이 아니었다. 나는 중학교 시절부터 "너는 화도 안 나니? 네가 무슨 천사야?"라는 말을 들을 정도로 유순한 편이었다. 그런데 살려주면 더 착하게 살겠다고 신에게 약속까지 했으니 퇴원한 후로는 더 인내하며 참는 생활을 하고 있었다. 그러다 보니 스트레스가 많이 쌓일 수밖에 없었다.

쓰린 속을 약으로 버티며 힘들게 지내던 어느 날이었다. 저녁밥을 먹고 일어나려는 순간이었다. 갑자기 발끝부터 등을 타고 전신을 송곳으로 찌르는 듯한 극심한 통증이 느껴졌다. "악" 외마디 비명과 함께 그만 바닥에 주저 앉아버렸다. 내가 죽을 고비 넘기는 걸 경험한 남동생은 바닥에 쓰러져 신음하는 나를 업고 병원으로 달렸다.

시간이 꽤 흐른 것 같았다. 정신을 차리고 보니 병실 천정이 보였다. 두런두런 말소리도 들렸다. 의사와 남동생이 문밖에서 조심스럽게 대화를 나누는 소리였다. "더 자세히 검사를 해봐야 알겠지만 위암인 것 같습니다."라는 담당 의사의 말이 들려왔다. 이번에는 위암이란다. 요즘에는 위암도 너무 늦지만 않으면 살 수 있지만 그 당시만 해도 암에 걸리면 무조건 죽음을 준비해야 하던 시절이었다.

그런데 한번 죽음이라는 상황을 체험해서인지 이번에는 크게 마음의 동요 없이 덤덤하게 받아들일 수 있었다. 부정이나 분노 같은 감정도 없었다. 어차피 죽었을 목숨 덤으로 몇 년 더 산 것만 해도 감사하다는 생각에서였다. 이번에는 '살려주시면' 같은 신과의 타협도 하지 않았다. 그런데 29년간 살면서 나를 위해 제대로 즐겨본 순간이 떠오르질 않았다. 아버지가 돌아가신 후로는 행복했던 적도 없었다. 대학 시절에는 몇 개의 아르바이트를 하느라 하루에 두세 시간 밖에 못 자면서 바삐 살았다. 커피 한 잔 마실 돈이 없어서 친구들과 잘 어울리지도 못했다. 졸업 후에도 생활비와 동생들 학비 뒷바라지를 하느라 마찬가지 생활을 해왔다. 다시 살 수만 있다면 아니 몇 년 만이라도 건강하게 더 살 수 있다면 가족이 아니라 나를 위한 인생을 살고 싶다는 생각이 들었다. 잠깐이라도 즐겁게 한번 살아보고 누군가와 사랑도 해보고 싶다는 생각이 들었다. 그런데 이번에는 살려달라는 기도를 하지 않았다. 솔직히 매일매일의 생활이 너무 고달파서 힘든 세상에 미련이 없었다. 그래서 재검 결과가 나오는 며칠 동안 음악을 들으며 차분히 죽음을 맞이할 마음의 정리를 했다. 그런데 며칠 후 위암이 아니라는 뜻밖의 결과가 나왔다. 위궤양이 너무 심해서 암으로 오진을 했다고 했다. 그런데 그다지 기쁘지도 않았다. 병원을 나가면 힘든 세상이 기다리고 있었으니까.

이렇게 나는 20대에 죽음을 받아들여야 하는 경험을 2번이나 해보았다. 그리고 그 죽음의 문턱에서 인생을 제대로 즐기지 못했던 것을, 남을 위한 인생을 살았던 것을, 너무 애쓰고 사느라 나를 돌보지 못한 것을 후회했다. 하지만 '더 열심히 살았으면 좋았을 걸! 더 열심히 일을 했다면 좋았을 걸! 공부를 더 많이 했다면 좋았을 걸! 가족에게 더 헌신했다면 좋았을 걸!' 이런 생각은 하지 않았다. 지금 또다시 내게 죽음의 순간이 온다 해도 '더 열심히 살았다면' 같은 후회는 하지 않을 게 분명하다.

누구나 상상하기도 싫겠지만, 나이와 상관없이 아무 때나 갑자기 찾아올 수 있는 것이 죽음이다. 하지만 2040대 때에는 죽음이라는 말은 생각조차 않고 살아가기 마련이다. 치열한 경쟁 사회에서 살아남기 위해 그리고 더 나은 인생을 살기 위해 앞만 보고 열심히 살기도 바쁘기 때문이다. 그런데 만약 당신도 예전의 나처럼 죽어라 공부하고 일만 하다가 갑자기 죽음을 맞이하게 된다면 후회 없이 죽을 수 있을까?

죽음을 앞둔 환자들을 돌보았던 브로니 웨어는 《내가 원하는 삶을 살았더라면》이라는 책에서 사람들이 죽을 때 가장 후회하는 5가지가 "다른 사람이 아닌 내가 원하는 삶을 살았더라면, 내가 그렇게 열심히 일하지 않았더라면, 내 감정을 표현할 용기가 있었더라면, 친구들과 계속 연락하고 지냈더라면, 나 자신에게 더 많은 행복을 허락했더라면"이라고 했다. 나도 죽음 앞에서 비슷한 후회를 했었기에 공감이 가는 내용이었다.

1,000명의 죽음을 지켜본 일본의 호스피스 전문의 오츠 슈이치의 《죽을 때 후회하는 스물다섯 가지》에도 이와 유사한 내용이 나온다. 그중 아홉 번째 후회에, '기억에 남는 연애를 했더라면'이라는 내용도 있다. 나와 비슷한 후회를 한 사람도

있었다니 묘하게 반가운 생각이 들었다. 그밖에 '맛있는 음식을 많이 맛보았더라면'이라는 내용도 있다. 내가 위암인 줄 알고 병원에 입원했을 때 맛있는 음식이 있어도 먹을 수 없었던 기억이 떠올랐다. 그러니 몸이 건강할 때 맛있는 것을 많이 먹어두는 것도 누군가에게는 후회하지 않을 일이라는 생각이 들었다.

사람들은 세상을 떠날 때, 특별한 후회나 거창한 과업 때문에 눈을 감지 못하는 게 아니라, 바쁜 일상에서 잊고 살았던 아주 작은 삶의 진실 때문에 아파한다고 한다. 그런데 눈을 감는 마지막 순간에 '지금 죽어도 여한이 없다'라고 말하는 환자도 아주 드물지만 분명히 있다고 한다. 환경과 타인에 의해 끌려다니지 않고 자기 인생의 주인으로 산 사람이 아니었을까 생각해 본다.

2005년 스티브 잡스가 스탠퍼드 대학교(Stanford University)에서 했던 졸업 축사 중에도 죽음에 관한 내용이 있다.

"지난 33년 동안 저는 매일 아침 거울을 보면서 제 자신에게 '오늘이 내 생애 마지막 날이라면, 내가 오늘 하고자 하는 것을 하길 원하는가?'라고 자문합니다."

이 나이가 되고 보니 그의 말이 마음에 강하게 와닿았다. 요즘은 어떤 일을 하기 전에 나도 스티브 잡스처럼 같은 자문을 하곤 한다. 그랬더니 불필요한 일들이 많이 걸러졌고 하루하루가 좀 더 의미 있는 일들로 채워지고 있다.

? 물음표

**오늘이 내 생애의 마지막 날이라면 어떤 생각이 들까요?**

## 반백 년을 정말 열심히 살아보니

반백 년을 살고 나서야 나에게 필요한 만큼만 적당히 열심히 살아도 충분히 괜찮은 인생을 살 수 있다는 것을 깨달았다.

50을 넘긴 어느 날 나는 중국 상해 번화가의 도로 길바닥에 대자로 누워 하늘을 보고 있었다. 주변의 건물도 지나가는 행인도 아무것도 눈에 들어오지 않았다. 세상이 정지된 듯 아무 소리도 들리지 않았다. 곱게 화장을 한 눈에서는 눈물이 양쪽 뺨을 타고 하염없이 흘러내렸다.

그날 나는 샘플이 가득 들어있는 트렁크를 끌고 상해 시내에서 파트너를 만나고 숙소로 돌아가고 있었다. 꽤 오랫동안 타국에서 여기저기 출장을 다녀서인지 몸이 많이 지쳐있었다. 그래서일까? 그날따라 샘플 트렁크가 쇳덩이처럼 무겁게 느껴졌다. 그러다 어느 순간 휘청하며 다리에 힘이 풀리는가 싶더니 맥없이 '쾅'하고 뒤로 벌렁 넘어져 버렸다. 뇌진탕을 일으킬 정도로 콘크리트 바닥에 머리를 세게 부딪치며 나자빠졌다. 그런데 내가 너무 불쌍했는지, 아니면 신과의 약속을 지키느라 바보처럼 사는 걸 지켜보셨는지 이번에도 하늘이 도와주셨다. 긴 머리카락을 틀어서 뒤로 올리고 있던 덕분에 머리카락 뭉치가 쿠션 역할을 해주었던 것이다.

나는 꼼짝 않고 누워있는 채로 하늘을 멍하니 바라보았다. 파란 하늘 여기저기에 열심히 달려온 지난 인생이 마치 구름처럼 둥둥 떠다니며 보였다.

20대에 죽을 고비를 두 번이나 넘기고 나자, 내가 원하는 인생을 살고 싶었다. 공부도 더하고 싶었다. 그런데 동생들 먼저 챙기지 않고 내 인생만 생각하며 공부를 할 자신이 없어서 차일피일 미루고만 있었다. 그러다 막내가 성인이 되고 내가 서른이 되자 미국 유학을 결심하게 되었다. 학비를 아끼기 위해서 최대한 빨리 공부를 마치고 한국으로 돌아갈 계획을 세웠다. 그러자면 어휘가 관건이라는 생각에 미국에 도착해서 개강을 기다리는 한 달 남짓 동안 잠자는 시간만 빼고 하루 종일 단어를 연습장에 써가며 외웠다. 그렇게 공부하며 몇 주가 지나던 어느 날이었다. 갑자기 글씨를 쓰던 오른쪽 손목이 심하게 아파왔다. 어찌나 아픈지 손을 사용할 수가 없었다. 병원에 갔더니 손목을 너무 많이 사용해서 인대가 늘어났다며 깁스를 해주었다. 죽음의 문턱에서 너무 열심히 살지 않겠다고 했던 각오를 그새 까맣게 잊어버린 결과였다.

학기가 시작되자 정말 악착같이 공부했다. 학교에서 파트 타임으로 일도 하며 2년 걸리는 영어 교사 자격증인 TESL(Teaching English as a Second Language) 과정을 9개월 만에 끝냈다. 2년 정도 걸리는 석사 과정은 1년 만에 끝냈다. 그러고는 같은 학교에서 박사과정을 바로 시작했다. 이렇게 쉬지 않고 공부를 강행하다 보니 너무 힘들어서 세수하면서 엉엉 울던 날이 셀 수도 없었다. 일본인 룸메이트들이 들을까 봐 수돗물을 세게 틀어놓고 울었다. 시험 때면 밥 먹는 시간을 아끼기 위해 바나나를 옆에 두고 까먹으며 버텼다. "재는 저 자리에 못으로 박혀있는 거니?" 도서관 책장 옆 구석자리에 언제나 꼼짝 않고 앉아서 공부하는 나를 보고 미국 학생들이 수근댔다.

그렇게 노력한 덕분에 공부가 끝나자 학과장의 추천으로 일본의 자매 대학에 교환교수라는 이름으로 파견될 수 있었다. "어디에 보내더라도 우리 학교와 내 명예를 실추시키지 않을 사람이라는 걸 믿기 때문에 너를 선택했어." 대기 중인 수많은 석·박사의 미국 학생들 대신 나를 선택한 이유라며 학과장이 해준 말이었다.

일본에서 영어를 가르칠 때도 나의 '열심러'의 생활은 계속되었다. 수업시간 외에도 학생들이 외국인인 나를 부담 없이 편하게 찾아와서 더 공부를 할 수 있도록 도와주고 싶었다. 그래서 한겨울에도 책상 밑에 발 난로를 켜놓고 덜덜 떨면서 내 방 문을 항상 열어 두었다. 다른 일본인 교수들이 내 방을 지나갈 때면 '이 추운 날 저 외국 선생은 왜 저러고 있을까?'하고 의아한 눈빛으로 방을 쓱 쳐다보고는 고개를 절래절래 흔들며 가곤 했다.

한국에 돌아와 기업체에서 강의를 할 때도 그 지독한 열심병은 계속되었다. 하루는 아침에 실수로 눈의 각막이 벗겨졌다. 통증도 통증이지만 눈물이 수도꼭지처럼 멈추지 않고 쏟아졌다. 다른 데도 아니고 눈이 그러면 상식적으로 강의를 못 하겠다고 사정을 설명하고 병원에 갔어야 했다. 그런데 나는 손수건을 눈에 대고 아파서 엉엉 울면서도 강의를 하겠다고 기어이 포항행 비행기를 탔다. 안대를 대고 눈물을 줄줄 흘리며 겨우 강의를 마쳤다. 마무리 인사를 할 때였다. 잘 참고 강의를 해주었다는 뜻인지 수강생들이 기립 박수를 쳐주었다. 강의실을 나서자 교육 담당자가 문밖에서 기다리고 있었다. "강사님 힘드실 텐데 이렇게 강의 약속을 지켜주셔서 너무 감사합니다." 정말 고마웠는지 담당자가 90도로 인사를 했다. 그때서야 정신을 차리고 그 회사차를 타고 서둘러 근처 병원으로 향했다. 그때 한쪽 눈이 잘못되었다면….

그렇게 무슨 일이 있어도 강의 약속을 지켜서였는지 교육 담당자들이 서로 소개를 해주어서 강의가 끊이질 않았다. 하루에 2~3시간 정도 자면서 하루 종일 강의를 하는 날이 이어졌다. 과유불급(過猶不及)이라 했던가. 밥 먹을 시간도 없이 제대로 먹지도 못하면서 강의를 하다 보니 몸이 점점 쇠약해졌다. 엎친 데 덮친 격으로 성대에도 이상이 생겨서 더이상 강의를 해서는 안 되는 날이 와버렸다. 말을 하면 수천 개의 송곳이 가슴과 목을 찌르는 듯한 통증이 느껴졌다. 그런 상태로 1년 넘게 예약된 강의를 기어코 모두 했다. 덕분에 그 후로 10여 년간 말을 거의 하지 못하는 생활을 해야 했다.

어쩔 수 없이 말을 크게 하지 않아도 되는 개인 컨설팅과 해외사업으로 전업을 했다. 해외를 안방 드나들 듯이 오가며 역시나 또 미친 듯이 일을 했다. 그런데 사업은 지금까지 내가 살아온 곳과는 다른 세계였다. 공부나 강의처럼 힘들더라도 나만 열심히 하면 되는 세상이 아니었다.

반년 간 동남아와 유럽을 오가며 힘들게 사업을 성사시킨 적이 있었다. 그런데 고객 겸 파트너가 '사업에서 손을 떼지 않으면 조폭들을 풀겠다'고 협박을 했다. 나만 협박하는 것이 아니라 내 동생까지 어떻게 하겠다며 협박을 했다. 영화에나 나올 법한 일이 내게 생긴 것이다. 겁이 많은 나는 할 수 없이 내 몫의 수십 억원을 포기해야 했다. 그 일로 반 년 넘게 두피에 감각이 없었다. 억울함에서 오는 스트레스가 원인이었다.

해외를 오가며 사업을 하다 보니 이렇게 나쁜 사람들을 가끔 만나게 되었다. 그러다 결국 제대로 크게 사기를 당해 전

재산을 날리는 일이 벌어졌다. 그동안 고생고생하며 벌어둔 돈이 순식간에 사라져 버린 것이다. 뿐만 아니라 돈을 찾겠다고 나서면 어린 아들을 죽이겠다고 협박을 해서 겨우 몸만 피해서 한동안 숨어 지내야 했다.

다시 재기하고 싶어도 사업 자금이 없었다. 알량한 자존심 때문에 내가 망했으니 나 좀 도와달라고 어디다 말할 용기도 없었다. 할 수 없이 취업을 해서 어렵지만 조금씩 일상을 회복해 나갔다. 그러다 한 회사의 중국 사업을 맡아서 할 기회가 주어졌다. 감사한 마음에 샘플을 트렁크에 챙겨 들고 투자자와 파트너를 찾느라 중국 전역을 미친 듯이 돌아다녔다.

사기를 당해 거지꼴이 되기 전에는 중국에서 미팅을 하러 다닐 때면 늘 기사와 비서가 있었다. 숙박도 제일 좋은 5성급 호텔에서 편하게 하며 좋은 음식을 골라 먹으며 지냈다. 당연히 무거운 짐은 직원들이 알아서 챙겨 주었다. 그런데 그때는 그 큰 나라에서 동에 번쩍 서에 번쩍하며 짐과 샘플 가방을 나 혼자 힘겹게 끌고 다녀야 했다. 비용을 아끼느라 숙박도 저렴한 곳에서 했고 음식도 변변치 않은 것을 먹었다. 그러자니 점점 몸이 지쳐갔다. 그래도 내 사정을 아는 중국 지인들이 많이 도와준 덕분에 파트너도 정해지고 사업이 어느 정도 자리 잡아 가기 시작했다. 그러자 사업을 맡긴 회사가 슬슬 처음에 약속했던 것과 다른 태도를 취하기 시작했다. 그런데도 나는 따지고 화를 내지 못했다. 20대에 목숨 값으로 더 착하게 살겠다고 신에게 약속을 한 이후로 누구에게도 화를 내본 적이 없었다. 솔직히 세상사 웬만한 일에는 화가 나지도 않았다. 상대 회사가 계약을 어기더라도 "이정민이가 일을 제대로 못해서 그랬다"는 말은 듣고 싶지 않았다. 지금 생각해 보면 참 어설프고 어이없고 건방진 자존심이었다.

그렇게 나를 이용하려는 사람을 위해 열심히 일해주다 상해 길가의 한복판에 대자로 누워있게 된 나는 20여 년 전에 죽음을 앞두고 했던 후회를 또 20여 년이 흘러서도 다시 하는 처지가 되어 있었다. '정민아, 이제는 제발 이렇게 그만 살자. 널 이용하는 걸 알면서도 이렇게 애쓰며 일해주는 건 착한 게 아니라 모자란 거야. 그리고 이제 그 놈의 열심병도 그만 끝내자. 이제는 좀 적당히 편하게 살아도 되지 않니?' 내 자신이 한심하다 못해 너무 안쓰러웠다. 그래서인지 나에 대한 연민의 눈물이 멈추지를 않았다.

얼마나 시간이 흘렀을까? 자그마한 체구에 인자하게 생긴 백발의 중국 할머니가 다가와서 말을 걸었다.

"이봐요, 길바닥에서 왜 이러고 있어요? 정신 차리고 일어나요."

할머니는 나를 측은한 눈빛으로 내려다보았다. 그래도 내가 꼼짝을 하지 않자 손을 내밀어 내 손을 잡고 일으켜 주었다. 그리고는 옆에 나둥그러져 있던 트렁크를 끌어서 내 옆에 가져다주었다. 그 할머니가 아니었다면 나는 아마 더 오랫동안 그렇게 차디찬 상해 길바닥에 누워있었을 게다.

당시 중국에서는 쓰러진 사람을 도와주면 오히려 돈을 내놓으라고 하는 범죄가 많았던 때였다. 그래서 거리에 누가 쓰러져 있어도 절대 도와주지 않았다. 그런 시기였는데도 나를 도와준 그 백발의 할머니가 내 눈에는 천사로 보였다. 그날 이후 나는 죽음의 문턱에서도 못 고쳤던 열심병에서 드디어 빠져나왔다.

그날 나는 자신에게 몇 가지 질문을 던졌다.

"노력, 최선, 인내라는 단어로 도배한 인생을 반백 년 동안 살아보니 어땠니? 꼭 그렇게 살아야만 했니? 그렇게 살아서

넌 무얼 얻었니? 그리고 무얼 잃었니?"

질문에 대한 답은 이랬다. "열심히 살아서 얻은 것도 많았지만 손해를 본 것도 잃은 것도 많았어. 결국 득실에 대해 플러스와 마이너스를 해보면 0이 되네. 그렇다면 그렇게 열심히 살지 않고 적당히 살았어도 괜찮았겠네."

이런 결론을 얻자 나는 '앞으로 남은 인생은 적당히 노력하고 살면서 인생을 즐기며 살아야 겠다.'라는 결심을 하게 되었다.

하루하루를 열심히 사는 사람은 존중받아야 마땅하다. 하지만 예전의 나처럼 과한 노력은 오히려 인생과 건강을 망칠 수 있다. 심지어 나를 희생하며 남 좋은 일만 시키기도 한다. 반백 년을 살고 나서야 나에게 필요한 만큼만 적당히 열심히 살아도 충분히 괜찮은 인생을 살 수 있다는 것을 비로소 깨달았다.

아직 60년 남짓 밖에 살아보지 못한 나보다 몇십 년 더 오래 산 노인의 말도 참고가 되도록 옮겨본다.

"내가 만약 당신에게 인생 선배로서 조언을 한마디 한다면, 이거요. 너무 열심히 일한 것을 후회하는 인생을 살지는 말라는 거지. 이렇게 인생의 마지막에 와서야 후회하게 될 줄은 몰랐소. 하지만 내 마음 깊은 곳에서는 지나치게 너무 열심히 하고 있었다는 것을 알고 있었소. 왜 이런 걸 죽을 때가 돼서야 이해하게 되는 건지 모르겠소. 가족들 말고 내가 이 세상에 뭔가 좋은 것을 남길 수 있다면, 이 한 마디를 두고 떠나고 싶소. 너무 열심히 일하지 말고, 균형을 유지하려고 노력할 것. 일이 인생에 전부가 되게 하지는 말 것."

《내가 원하는 삶을 살았더라면》, 브로니 웨어

그래도 나는 50대에라도 이런 인생의 진리를 깨달을 수 있어서 정말 다행이었다. 상해에서의 그날 이후로 지금까지 마음 편안하고 좋은 날들을 매일 감사하며 지내고 있으니까 말이다. 그래도 솔직히 한 살이라도 더 젊었을 때에 그런 지혜를 깨달았다면 좋았겠다는 아쉬움이 남는다. 당신은 나보다 일찍 이런 인생의 지혜를 깨달았으면 좋겠다.

? 물음표

**필요 이상으로 열심히 살고있는 건 아닌지 생각해 보세요.**

## 노력한다고 다 이루어지는 건 아니야

우리 인생은 TV 드라마와 같다. 다음 편에서 어떤 스토리가 이어질지 알 수가 없다. 그러니 혹여 지금의 내 삶이 노력하는 대로 이루어지지 않고 있더라도 실망하지 말자. 다음에는 노력보다 더 많이 이루어질 날도 올 것이다.

세상에는 아무리 노력해도 얻을 수 없는 게 많았다. 그럴 때마다 나를 위로해 주고 의논할 수 있는 누군가가 절실히 필요했다. 내가 어렸던 그 시절은 아버지 없는 아이들을 워낙 무시하던 때였다. 그래서 아버지가 안 계신 사실을 숨기고 살다 보니 어디다 속 이야기를 터놓고 의논할 곳이 없었다. 3대 독자에 황해도 출신이었던 아버지는 서울에서 유학 생활을 하다 전쟁을 만났다. 그래서 대한민국 땅에는 친척 한 명 없었다. 그나마 외할아버지가 계셔서 한동안은 의지할 수 있었다. 일본 유학까지 다녀오셨던 할아버지는 박식하고 언행이 워낙 반듯해서 존경의 대상이었다. 그런 외할아버지마저 몇 년 후 돌아가셨다.

이제 남은 사람은 어머니지만, 불행히도 어머니는 내가 마음을 터놓고 대화를 나눌 수 없는 대상이었다. 초등학교에 들어가면서부터 회초리로 맞아가며 공부를 하다 보니 어머니에 대한 마음이 닫혀 버렸다. 늘 웃으시던 부드러운 아버지와는 달리 어머니는 이상하리만치 고집이 세고, 성품이 강하셨다. 그러다 보니 엄마와 딸 사이의 아기자기하고 부드러운 대화는 나누어 본 기억이 없다.

어머니와는 이런 관계로 지냈기에 내가 속마음을 터놓고 의논할 대상에서 엄마라는 두 글자는 존재하지 않았다. 결국 살면서 겪어야 할 모든 문제를 나 혼자 고민하고 해결해 나가야 했다. 그러자니 아무리 노력을 해도 수도 없이 시행착오를 겪을 수밖에 없었고 그와 비례해서 내 삶은 더 고달파지기만

했다.

'아버지가 살아 계셨다면 힘든 세상을 살던 내게 뭐라고 해주셨을까?'

윤태진의 《아들아, 삶에 지치고 힘들 때 이 글을 읽어라》를 읽다가 아버지가 해주셨을 것 같은 글귀를 보게 되었고, 윤태진 저자의 아들은 참 행운아라는 생각이 들었다.

"세상은 노력한 만큼 돌려주지 않아. 어떤 사람들에게는 노력한 이상을 돌려주고, 어떤 사람들에게는 노력한 것보다 적은 것을 돌려주지. 그러니 세상이 너를 속이더라도 슬퍼하거나 노하지 말거라. 너의 노력에 대해 세상이 적절한 보상을 주지 않더라도 슬퍼하거나 노하지 말거라. 그게 세상의 당연한 이치니까. 그런 세상에 적응하는 길은 마음을 다잡은 다음 하던 일을 계속하는 거야."

맞는 말이다. 세상은 내가 노력한 만큼 다 돌려주지 않았다. 중요한 건 그럴 때 어떻게 그 순간을 넘기느냐였다. 자신에게 너그러운 사람은 어려운 일을 만나거나 좌절감을 느낄 때 현실을 객관적으로 바라보고 그대로 받아들일 줄 알 것이다. 반대로 자신에게 너그럽지 못한 사람은 그런 걸 해내지 못하는 자신을 자책할 것이다. 나는 후자에 속했다. 그래서 끊임없이 더 노력하도록 내 자신을 몰아세웠다. 아무도 그렇게 하지 말라고, 멈추라고 말해준 사람이 없었기 때문이다. 만약 누군가 당신에게 노력하면 무조건 잘될 거라고 말해준다면 그건 인생을 너무 만만하게 본 것이다. 인생은 결코 쉽지 않다. 그러니 예전의 나처럼 노력이 나를 배신했다고 자책하면서 자신을 너무 힘들게 하지 말아야 한다. 쉽지 않은 일을 당신이 해내고 있는 중이니 오히려 칭찬하고 격려를 해주어야 한다.

인생을 살다 보면 내 뜻대로 되지 않는 일과 내가 통제할 수 없는 일들이 수도 없이 생기기 마련이다. 무엇을 성취하거나 성취하지 못하는 이유가 내 노력과는 무관한 일이 생기는 것이다. 내 어머니의 인생도 나의 인생도 예외가 아니었다. 나를 힘들게 했던 어머니에 대한 기억 때문에 '정말 좋은 엄마'가 되고 싶었다. 그래서 아들을 키우면서 한 번도 때리거나 소리를 지른 적이 없었다. 아들을 키워 본 부모라면 고집이 유난히 센 아들을 그렇게 키우는 것이 쉽지 않다는 것을 알 것이다. 아이가 하고 싶다는 건 다하게 해주었다. 필요하다는 건 항상 넘치게 해주었다. 일 때문에 바쁠 때는 엄마의 사랑 대신 돈을 쏟아 부어서라도 부족함이 없게 해주려고 노력했다. 밖에서 일하는 엄마 대신 가정교사를 집에 상주시켰다. 영어를 스트레스 받지 않고 재미있게 배우게 해주려고 미국인 가정교사를 매일 집에 오게 해서 아이하고 놀면서 말을 가르치게 했다. 신나게 놀아주기만 하고도 교육비를 받아가는 미국인 선생은 늘 미안해했다. 가사 도우미를 두고 아이나 가정교사의 생활과 음식이 불편하지 않게 했다. 좋은 환경에서 편하게 공부하고 좋은 대학에 가서 여유로운 인생을 살아가길 바랐다. 그런데 자식이 내 생각대로 노력대로 커주는 것이 아니었다.

고등학교에 갈 무렵부터 아들은 공부가 너무 하기 싫다고 했다. 그러더니 고등학교를 졸업할 무렵 너무도 당당하게 "이것저것 하고 싶은 걸 하면서 1년간 쉬고 싶다."고 했다. 대학에도 가지 않겠다고 했다. 그 말을 듣는 순간 머릿속이 하얗게 되면서 아무 생각도 할 수가 없었다. 그 동안의 내 인생이 '와르르' 다 무너지는 것 같았다. 그런데 그 순간 문득 내가 죽을 고비를 넘기던 때가 떠올랐다. 죽기 전에 인생을 즐기지 못했던 걸 후회했던 순간이. 그래서 그렇게 하라고 동의를 해주었다. 내가 말린다고 생각을 바꿀 것 같지도 않아서이기도 했다. 그 1년을 말없이 묵묵히 지켜보던 내 속은 시커멓게 타다 못해 하얗게 재가 되어 버렸다.

그래도 세월은 흘러갔다. 아들이 대학에도 가고 군대도 다녀오고 취직도 했다. 내가 바랐던 모습은 아니지만 자기 나름의 인생을 찾아가고 있다. 요즘 성인이 된 아들과 대화를 해보니 그때 1년 쉰 것이 무척 좋았다고 한다. 여행 다니며 세상 구경도 하고, 아르바이트라는 것도 처음 해보며 나름대로 인생 견문을 넓혔다고 했다. "모든 걸 다 해주고 모든 걸 다 해결해 주는 엄마 보호 아래에 사는 것이 좀 답답해서 그랬어요."라고 했다. 결국 사랑도 과하면 부작용이 될 수 있다는 것을 아들에게 배웠다. 너무 허탈하고 고통스러운 시간이었지만 엄마의 욕심을 내려놓고 아들에게 1년간의 인생의 쉼표를 허락했던 나를 세월이 지난 지금은 칭찬해주고 싶다.

아들이 1년 간의 삶의 휴식을 보내던 무렵 어머니가 평생 숨겨온 비밀을 자식들에게 털어놓으셨다.

"나는 전쟁 통에 중학교도 마치지 못하고 북에서 남으로 피난을 오게 됐어. 그런데 나를 중매한 사람이 학벌 좋은 너희들 아버지하고 맺어지게 하려고 거짓말을 한 거야. 내가 서울에서 명문 고등학교를 나왔다고 속인 거야. 그걸 결혼하고 나서야 알았어."

툭하면 "너 나 무시 하냐?"고 화를 내던 어머니의 말이 그제야 어렴풋이 이해가 되었다. 중학교도 졸업하지 못한 걸 본의 아니게 숨기고 살면서 표나지 않게 처신하며 사느라 얼마나 힘이 들었을지 짐작이 갔다.

내가 이해하기 어려웠던 화를 내던 어머니의 언행은 〈사회적 비교 이론(Social Comparison Theory)〉으로 설명할 수 있을 것 같다(Festinger, L.). 이는 우리가 자신의 능력이나 모습을 판단할 때 주변 사람들과 비교를 하게 된다는 이론이다. 그런데 이러한 비교는 때로는 자신을 더욱 부정적으로 생각하게 만들기도 한다. 어머니의 경우에는 자신보다 교육을 더 받은 딸과 비교하며 열등감을 느낀 것이다. 그리고 이러한 비교가 딸에 대한 분노로까지 이어졌던 것이다.

배울 만큼 배운 내가 아이 한 명을 키우는 데도 이렇게 힘들고 마음 고생을 했는데 학력이 모자라서 제대로 취직도 할 수 없었던 어머니가 서른이 갓 넘은 나이에 다섯 남매를 고아원에 버리지 않고 키워준 것만으로도 감사하고 또 감사할 일이었다. 게다가 혼자된 지 얼마 안 되어서 외할아버지마저 돌아가셨으니 어머니도 나처럼 믿고 의논할 아버지가 안 계셨던 것이다. 내가 내 상처로 인해 아이가 부담스러워 할 정도로 넘치는 보호와 사랑을 쏟아 부었듯이, 어머니가 나한테 했던 행동들도 내가 모르는 그녀만의 상처와 이유가 있었겠다는 생각이 들었다. 그래서 지난날의 내 상처를 모두 내려놓았다.

그런데 공부 못한 게 끝내 한이 되었는지 어머니는 과거사를 솔직히 고백한 70이 넘은 나이에 중학교 검정고시부터 시작하더니 대학교 졸업장까지 받으셨다. 한자 1급 자격증까지 취득해서 학생들을 가르치기까지 했다. 그 과정에서 어머니는 완전히 다른 사람이 되어버렸다. 그 강하던 성품이 상당히 여유 있고 포용력 있게 바뀌었다. 표정도 많이 유해졌다. 더이상 "너 나 무시하냐?"라는 말도 하지 않는다. 소위 꽤 알아주는 4년제 대학 졸업장도 받고 공부 못한 자격지심도 내려놓으니 마음에 여유가 생긴 것 같았다. 이제 어머니에 대한 닫힌 마음은 다 풀렸다. 그래도 좀 더 일찍 솔직히 고백을 하셨다면 내가 그렇게 큰 상처를 받지 않았을 테고, 어머니가 안쓰럽고 고마워서 더 도와드리려고 노력했을 텐데 하는 아쉬움은 남는다.

이처럼 삶이란 나의 어머니와 내 인생처럼 내가 통제할 수 없는 일들이 일어나고 원하지 않는 방향으로 굴러가기도 한다. 뿐만 아니라 아무리 노력을 해도 이루어질 수 없는 일도 생기기 마련이다. 그래도 그런 삶의 과정을 부정하기보다는 그냥 받아들이면 또 다른 인생이 펼쳐진다.

? 물음표

**노력한 일이 이루어지지 않았을 때 어떻게 하시나요?**

## 성공한 인생이란

성공한 인생에 대한 답은 '나' 자신에게 물어보아야 한다. 왜냐하면 그 기준을 내가 정하기 때문이다. 그러니 무조건 성공하려고 애쓰기 전에 '나' 자신과 그 기준을 먼저 타협할 필요가 있다.

실패한 인생을 살고 싶은 사람은 아마 없을 것이다. 나 역시 성공한 인생을 만들고 싶어서 그토록 열심히 살았으니까 말이다. 그렇다면 성공한 인생이란 어떤 인생일까?

철학자인 김형석 교수는 《인생문답》이라는 저서에서 100년을 넘게 살아온 그의 지혜로 이렇게 쉽게 설명하고 있다.

"성공도 그런 것 같아요. 5를 지니고 태어났는데 7을 이루면 성공한 사람이고, 9를 지니고 태어났는데 7을 이루면 성공하지 못했다고 말할 수 있어요. 남의 기준이 아니라, 자기 기준이 더 중요해요."

여기서 중요한 부분은 성공의 기준이 '자기 기준'이라는 점이다. 가령 누군가에게는 은행의 지점장 정도가 되면 성공한 것이지만, 누군가는 그 은행의 행장이 되는 것이 성공의 목표일 수 있는 것이다.

일반적으로 성공이라고 하면 흔히 세속적인 기준으로 돈, 지위, 명예와 같은 것을 떠올릴 것이다. 황금만능의 시대인 요즈음은 특히 '돈'을 성공의 척도로 여긴다. 물론 우리가 편하고 행복하게 살아가려면 '돈'이 꼭 필요하다. 그렇다면 성공한 인생이 되기 위해서는 얼마만큼의 '돈'이 필요할까?

김형석 교수가 또 다른 저서 《백년을 살아보니》에서 지혜로운 답을 제시하고 있어 옮겨본다. "돈이 얼마큼 있어야 좋은가? 얼마가 있어야 행복할까? 인격의 수준만큼 재산을 소유하는 것이 좋다."

이 현답을 읽으며 무릎을 탁 치지 않을 수가 없었다. 그동안 기업 컨설팅을 하며 경험하고 느꼈던 것을 한마디로 깔끔하게 정리해주는 말로 들렸기 때문이다.

지난 몇십 년간 업무상 국내외의 많은 기업 경영주들을 만났다. 그러면서 세상은 참 공평하지 않다는 생각이 들곤 했다. '왜 저런 사람에게 저토록 많은 돈이 갔을까?'하는 의구심이 드는 인격을 가진 사람이 꽤 있었기 때문이다. 자신은 흥청망청 돈을 쓰면서 직원들에게는 정말 박한 월급을 주기도 한다. 심지어는 "검은 머리 짐승은 잘 대해주면 안 된다."는 말을 하며 자신의 갑질을 정당화하는 경영주도 여럿 만나 보았다. 그 검은 머리 짐승인 직원들이 자신에게 돈을 벌어다 주는 사람이라는 건 생각하지 않는 듯했다. 안타깝게도 본인은 자신이 이룩한 부에 합당하지 않은 인격의 소유자라는 걸 모르는 듯했다.

물론 직원들을 진심으로 아끼고 검소하게 사는 인격의 그릇이 큰 기업가들도 만났다. 오래 알고 지낸 한 사업가는 VIP 전용 식당이 따로 있는데도 접대할 손님이 없는 날은 항상 직원식당에서 밥을 먹었다. 그 이유를 물어보니 이렇게 대답한다.

"내가 직접 먹어봐야 우리 직원들이 제대로 된 좋은 음식을 먹고 있는지 확인할 수 있거든요."

행복하고 멋지게 잘 살기 위해 돈을 번다. 그런데 얼마만큼의 돈이 있어야 행복할지는 저마다의 생각이 다를 것이다. 예전에는 돈이 상당히 많이 있어야 행복할 줄 알았다. 늘 돈이 많은 사람들을 고객으로 상대하다 보니 기준이 되는 돈의 단위가 자연스레 커졌던 것 같다. 그런데 막상 돈을 많이 벌어 보기도 하고, 폭삭 망해 보기도 하면서 깨달은 건 행복하게 지내는데 그렇게 많은 돈이 필요하지 않다는 사실이다.

흔히 이야기하는 말 중에 '품위 유지비'라는 것이 있다. 누구에게는 고급 외제차에 운전기사를 두고 명품 옷을 입고 최고급 호텔 레스토랑에서 식사하는 정도의 품위 유지비가 필요할 수 있다. 반면 다른 이에게는 유행에 너무 뒤지지 않는 정도의 단정하고 깔끔한 옷을 입을 수 있고, 대중교통을 타고 다니고, 최고급 식당은 아니지만 맛집에서 지인들과 음식을 즐기고 식사비를 낼 수 있는 정도의 품위 유지비가 필요할 수 있다. 품위의 기준이 사람마다 다르기 때문이다.

행복을 유지하기 위한 행복 유지비도 마찬가지라고 생각한다. 그 기준은 남이 정해주는 것이 아니라 자기가 정하는 것이다. 행복한 삶을 살기 위해 필요한 비용이 얼마인지 자신의 기준으로 정했다면 그 만큼만 벌면 된다. 그 금액이 많든 적든 자신이 정했으니까 그 돈을 벌기 위해 일을 하는 것은 의미가 있고 크게 고통스럽지도 않을 것이다. 원해서 하는 일이니까 말이다. 그런데 이렇게 목표 비용을 미리 정하지 않고 무작정 열심히 일만 한다면 내게 필요한 금액 이상이 들어온다고 해도 의미를 잃게 되고 인생은 필요 이상으로 고달파질 수 있다. 어차피 죽어서는 한 푼도 쓸 수 없는 돈인데 말이다.

나는 이제 예전처럼 과한 품위 유지비와 행복 비용을 위해 무모하게 일을 벌이지 않는다. 돈을 많이 버는 만큼 비례해서 나의 행복이 늘어나는 것은 아니기 때문이다. 이제는 일거리가 들어와도 내가 필요한 만큼만 한다. 남는 시간에는 가족과 함께 지내고 취미 활동과 글쓰기를 즐기고 있다. 일을 적게 하니 당연히 수입은 줄었다. 하지만 행복 유지비가 많이 들지 않는 생활을 하고 있으니 전혀 문제가 되지 않는다. 이런 인생의 진리를 좀 더 일찍 깨달았더라면 더 건강하고 행복하고 후회가 적은 인생을 살았을 것이다. 그래도 이제라도 그렇게 살고 있으니 감사한 마음이다.

성공이라는 단어를 언급하면서 '사회적 지위'라는 말도 빼놓을 수 없다. 사회생활을 하다 보면 자연스레 승진을 목표로 삼게 된다. 이를 위해 정당하고 성실하게 노력하는 사람도 있지만 남을 이용하고 짓밟으며 깎아내리는 사람도 있다.

그런데 현역에서 상당히 높은 지위에 올랐다 하더라도 은퇴를 하고 나면 그 지위는 그다지 의미가 없는 경우가 대부분이다. 주변의 은퇴한 임원이나 고위 공직자들의 생활을 보면 그렇다.

가령 건물의 경비원 중에는 대기업에서 한 가닥 하던 임원도 있고, 오랫동안 아파트 경비만을  해온 베테랑도 있다. 혹은 사업을 꽤 크게 하다 망한 사람도 있다. 그런데 과거의 경력이 더 화려하다고 해서 월급을 더 주지는 않는다. 오히려 부담스럽다고 채용을 하지 않으려 하니 이력을 줄이거나 숨기고 취업을 하기도 한다.

이렇듯 사회적 지위라는 것은 그 자리에서 내려오고 나면 별 소용이 없는 경우가 대부분이다. 그런데도 승진을 위해 남을 짓밟으면서까지 올라갈 필요가 있을까?

요즘은 예전과 달리 은퇴 후 전문성을 살리거나 새로운 분야에서 제2의 인생을 시작하는 경우도 많아졌다. 이럴 때도 마찬가지로 현역 시절의 지위는 잊고 자신의 처지를 겸손하게 받아들이는 자세가 필요하다.

필자가 사업이 망하고 경력을 최소한으로 줄여서 취업하고 있을 때였다. 내가 해외사업 컨설팅을 오래한 전문가라는 사실을 모르는 경영주가 해외사업에 관한 컨설팅을 외부에 의뢰한 일이 있었다. 그 컨설턴트는 전직 은행 임원 출신이라고 했다. 그는 담당자인 나와 첫 미팅을 하면서 마치 나의 상사라도 되는 것처럼 상당히 거만한 태도를 보였다. 하는 말을 들어보니 은행에서 명퇴한 지 얼마 되지 않는 우물 안 개구리였다. 외국에도 거의 나가본 적도 없는 것 같은데, 잘 알지도 못하는 중국 사업에 대해 내게 이래라저래라 훈수를 두었다. 중국을 10여 년 넘게 전전하며 산전수전 다 겪은 사람 앞에서 말이다.

늘 그렇듯이 나는 공손하고 바른 자세로 두 손을 모으고 앉아서 상대의 이야기를 끝까지 들어 주었다. 그러자 자신의 말이 나에게 먹혀들어갔다고 생각을 했는지 점점 의자를 뒤로 젖혔다. 그리곤 양손을 올려 머리 뒤로 잡고 반쯤 누운 자세로 이야기를 해나갔다. 당시 머리를 길게 기르고 있었기에 나이가 그다지 많지 않은 여직원으로 보였는지도 모르겠다. 어느 정도 시간이 흐르자 중간 중간 반말도 섞어 넣기 시작했다. 내가 이야기를 잘 들어주어야 상대가 컨설팅 값을 한다는 걸 잘 아는 나는 그의 말이 끝날 때까지 꾹 참고 들어 주었다. 마침내 더이상 할 말이 없어졌는지 질문 없냐고 묻기에, 상대가 컨설팅한 내용 중에서 틀린 부분을 하나씩 친절하게 설명해 주었다. 다른 데 가서는 그런 엉터리 컨설팅을 해서 피해를 주지 않았으면 하는 마음에서였다.

순간 당황한 그는 얼굴이 벌게지며 자세를 똑바로 고쳐 앉고는 깍듯한 존댓말로 이런저런 변명을 늘어놓기 시작했다. 그날 이후로 6개월간 계약된 컨설팅 기간이 끝날 때까지 그는 나를 조용히 찾아와서 내게 거꾸로 무료 컨설팅을 받으며 남은 업무를 진행했다. 경영주에게는 그런 사실을 비밀로 해달라며 간곡하게 부탁하는 것도 잊지 않았다. 넓은 세상에 이제 막 나와서 거드름 한번 부려보려다 운 나쁘게 임자 제대로 만난 그가 인간적으로 안쓰러웠다. 그리고 그런 사람을 선택한 안목 없는 경영주 밑에서 일하는 내 자신도 불쌍했다. 그래서 그가 원하는 대로 해주었다. 컨설팅은 사실 내가 해주었는데 돈은 그가 벌어간 셈이었다. 이처럼 직장에서 애써서 올라갔던 지위도 그곳을 떠나면 소용이 없거나 처음부터 다시 시작해야 하는 경우가 대부분이다.

결국 '성공한 인생'의 정답은 '나' 자신에게 있다. 그 기준은 내가 정하는 것이다. 성공하려고 애쓰기 전에 '나'와 그 기준을 먼저 타협할 필요가 있다. 이때 오늘 행복할 수 있는 '여유'는 꼭 남겨두고 기준을 정했으면 좋겠다. 누군가에게는 '이 다음에'는 없을 수도 있으니까.

**? 물음표**

**본인에게 성공은 어떤 의미인가요?**

## 원하는 것 모두를 얻을 수는 없다

살면서 원하는 것을 모두 다 얻을 수는 없다. 모두 얻으려고 하면 인생이 괴로워진다. 그러니 다 얻고 다 이룰 때를 기다리지 말고 이미 가진 것에 감사하며 현재를 즐기자.

유치원에 다니던 때였다. 위인전을 읽다 마음에 드는 구절을 발견했다.

'남이 볼 때나 보지 않을 때나 똑같이 행동 한다.'

어린 아이가 왜 그런 문장이 그렇게 마음에 들었는지는 정확히 기억나지 않지만, 그때 이후로 신독(愼獨)은 나의 좌우명이 되었다. 집에 혼자 있을 때도 아무리 더워도 옷을 단정히 입고 지냈다. 누가 듣든 안 듣든 남의 험담도 하지 않았다.

그 당시에 마음에 들었던 또 다른 문장이 있었다.

'잠자기 전에는 등을 바닥에 대지 않는다.'

유치원 때부터 지금까지 그 문장대로 실천하며 살고 있다. 지금 생각해 봐도 참 특이한 아이였다는 생각이 든다. 그래서 몸이 아픈 경우를 빼고는 평생 낮잠이라는 걸 자본 적이 없다. 그렇게 산다고 더 잘사는 것도 아니고 내가 위인이 될 것도 아니었는데 말이다.

하지만 이런 습관이 몸에 밴 덕분에 비즈니스 매너 강의를 하는 데는 많은 도움이 되었다. '내 모습 자체가 매너'라는 말을 많이 들었으니 말이다. 그런 나를 사람들은 '국제매너 박사', 혹은 '도덕교과서' 같은 별칭으로 불러주었다.

'위인전기 전집'을 시작으로 해서 그 이후로도 아주 오랫동안 성공자들의 이야기를 탐독했다. 아버지가 돌아가신 후로는 더 열심히 읽었다. 마음 놓고 의논할 상대가 없던 나는 그런 책의 주인공들을 멘토 삼아 그들의 삶속에서 나의 길을 찾으며 살았다. 책 속의 대부분의 성공자들은 하루에 4~5시간만 잠을 잤고, 깨어 있는 시간에는 상당한 양의 일을 척척 해내는 능력자들이었다. 그래서 그렇게 따라 해보려고 노력하며 수십 년을 살았다. 성공한 사람들처럼 4시간 수면법을 실천했다. 그 이상을 자면 나 자신에게 게으르고 의지가 약하다고 채찍질을 하곤 했다. 그렇게 살다 보니 안 그래도 약한 몸이 더욱 약해져 수시로 병원 신세를 지곤 했다. 인간의 체력은 정신력만으로 버텨지는 것이 아니었다.

이런 상황은 심리학과 교수인 로이 바우마이스터(Roy Baumeister)의 〈의지력 고갈의 법칙〉으로 설명할 수 있다. '인간의 의지력은 한계가 있으며, 의지력을 사용하는 일이 많을수록 소진될 가능성이 높다'는 이론이다. 그런데 의지력은 우리의 신체적 에너지나 체력과 관련이 있다고 한다. 우리가 의지력을 사용하는 일이 많을수록 신체적 에너지와 체력이 고갈된다는 의미이다. 이 이론대로라면 허약한 내가 정신력만으로 버티려고 했던 것은 큰 착각이었던 셈이다.

수많은 시행착오 끝에 성공한 위인들의 삶은 나처럼 평범한 사람은 따라갈 수 없다는 걸 깨닫게 되었다. 그래서 그들이 위인인 것이다. 자기계발서에 쓰인 실패하지 않는 법, 성공하는 법도 내게는 쉽게 따라 하기 어려운 부분이 많았다. 결국 위인들의 삶이나 자기계발서의 내용을 잘 소화하고 참고해서 내 수준에 맞는 나만의 방법을 만들어서 실천해야 한다는 것을 깨달았다.

인생이란 고난을 극복한 성공자들처럼 노력하면 원하는 것을 이룰 수 있는 것이라고 착각했다. 그래서 굴곡 심한 내 인생에 맞서 더 치열하게 싸웠던 것이다. 결과는 앞서 일부 이야기한 것처럼 대참패였던 때가 더 많았다. 그러다 보니 나이가 들면서 '내가 아무리 노력해도 어차피 이룰 수 없는 것도 있지 않나?'하는 생각을 하게 되었다. 운명론을 믿는다기보다는 내가 어찌할 수 없는 어떤 큰 힘을 느끼면서 삶에 대해 겸손해진 것이다.

그래서 운명에 관한 책을 찾아 읽어보기 시작했다. 혼자 책을 읽으며 깨달은 내용이니 깊이는 없다. 그래도 내 나름대로 이해한 내용을 정리해 보면 이렇다. 사람마다 타고 나는 그릇이 있다. 예를 들어 30평 아파트 정도의 부를 타고 난 사람과

100평 아파트 정도의 그릇을 타고 난 사람이 있다고 가정해 보자. 두 사람 다 재물 운이 좋다는 말을 들었다면 그 타고난 그릇을 기준으로 돈의 크기를 해석해야 한다는 것이다. 가령 전자의 운을 타고난 사람이 몇 억을 벌 수 있다면, 후자의 경우는 몇십 억 혹은 몇백 억을 벌 수 있다. 그렇다고 작은 재물 복을 타고 난사람이 큰 재물 복을 타고 난 사람보다 덜 행복하라는 법은 없다. 타고난 그릇을 얼마나 잘 운영하느냐에 달려 있다. 운명학자들이 노력을 통해 운명을 대략 20~30% 정도는 바꿀 수 있다고 말하는 것이 이런 의미이다.

하지만 타고난 그릇보다 더 큰 욕심을 부리면 어디에선가 문제가 생긴다고 한다. 더 나은 인생을 위해 노력하지 말라는 이야기가 아니라 최선을 다하되 내 분수를 넘어선 과욕은 부리지 말라는 뜻이다.

나는 이제 욕심 없이 마음을 비우고 살고 있다. 그래서인지 태어나서 가장 마음 편하고 건강한 날을 보내고 있다.

? 물음표

**어떤 인생을 살고 싶으신가요?**

## 나는 어떤 사람일까

"나는 어떤 사람일까?"라는 질문에 대한 답은 '그 사람이 하는 일은 그 사람을 말해준다'는 말에서 찾을 수 있다. 과거에 어떤 일을 했건 현재의 내가 하는 일이 '나'인 것이다.

"우리가 진정으로 원하는 것은 답인데 왜 질문에 집중해야 하는가?"라는 질문에 《원씽》의 저자 케리 켈러는 이렇게 이야기 한다.

"답은 질문에서 나오고, 답의 질(quality)은 질문의 질과 직접적으로 연관되어 있기 때문이다. 잘못된 질문을 하면 잘못

된 답을 얻고, 올바른 질문을 하면 올바른 답을 얻는다."

이 글을 읽고 있다가 문득 '나는 나를 정말 잘 알고 있을까?'라는 생각이 들었다. '나'라는 사람에 대해 좀 더 자세히 알고 싶어진 것이다. 그래서 "나는 어떤 사람일까?"라는 질문을 해보았다.

내가 어떤 사람인지 알아보는 방법으로 간단하게는 혈액형, 태어난 별자리, 출생한 해의 띠 등을 근거로 하는 방법이 있다. 혹은 좀더 세분화된 성격 테스트를 해볼 수도 있다. 이런 것들은 맹신하지만 않는다면 '나는 어떤 사람인지'를 알아보는 유용한 방법임에는 틀림이 없다.

그렇다면 성격 테스트로 내가 얻을 수 있는 건 무엇일까? 홀웬 니콜라스는 《사람들은 왜 성격 테스트를 할까?》에서 이렇게 이야기한다.

"자신의 새로운 점을 발견하고 싶은 마음이 성격 테스트를 하도록 이끄는 것일지도 모릅니다. 사실 성격 테스트는 사람들에게 새로운 사실을 알려준다기보다는 자신의 특성을 상기시켜 주는 역할을 합니다. 때때로 사람들은 자신의 장단점을 잊고 삽니다. 테스트를 통해서 자신을 제대로 인식하고, 이를 통해 배움과 성장의 기회를 발견하는 데 유용할 수 있습니다."

재미로 보고 끝날 수도 있지만 더 나은 삶을 사는 데 유용하게 활용해서 도움을 받을 수도 있다는 말이다.

나는 우연한 기회에 산업 강사가 되어 남들 앞에 나서는 일을 했었다. 하지만 예전에는 남들 앞에 나서는 일을 아주 불편해하던 사람이었다. 모임에서도 일부러 눈에 띄지 않는 자리를 골라서 앉곤 했다. 그런 성격의 사람이 처음 보는 대기업 직원들 앞에서 강의를 하게 되었으니 그 불편함이란 이루 말로 표현할 수 없을 지경이었다. 강의를 앞두고는 긴장 때문에 밥도 넘어가지 않았다. 그런 날은 대부분 공복인 채 강의를 했다. 이런 상황은 아무리 강의를 오래 해도 나아지지 않았다. 하지만 막상 강의가 시작되고 마이크를 들면 마치 스위치가 켜진 사람처럼 돌변했다. 언제 그랬냐는 듯이 쑥스러움은 이내 사라지고 수백 명 앞에서 여유있게 강의를 하곤 했다. 평소에는 말도 없고 농담이라고는 해본 적도 없는데 강의에서 만큼은 교육생들을 수시로 웃게 만들었다. 하지만 강의가 끝나고 마이크를 내려놓으면 다시 스위치가 꺼지면서 긴장이 몰려와 손과 다리가 달달 떨리곤 했다.

나의 이런 양면성이 궁금해서 어느 날 간단한 성격 테스트를 해보았다. 결과는 내향적 성향, 외향적 성향, 양향적 성향이 골고루 섞여 있다는 답이 나왔다. 이 결과대로라면 조용한 곳에서 혼자 책을 읽고 생각하는 것을 좋아하고, 어디 나서는 걸 싫어할 때는 내향적 성향이 작용하는 것이고, 강의처럼 내가 주도적으로 외부 세계와 교류를 해야 하는 상황에서는 외향적 성향이 작용한 것이다. 그리고 항상 객관적이고 중립적인 태도를 취하려고 노력하고, 세계 어디를 가나 그들의 문화를 비판 없이 받아들이며 바로 적응하는 것은 양향적 성향이 작용해서일 것이다. 이 테스트를 해보기 전까지는 강의가 적성에 맞지 않는 것은 아닐까 하고 고민했던 적이 많았다. 그런데 막상 테스트를 하고 나니 조용히 혼자 있는 걸 좋아하는 '나'도 대중 앞에서 괜찮은 '나'도 모두 나의 한 부분이라는 것을 알게 되어 마음이 편안해졌다.

"나는 어떤 사람일까?"라는 질문에 대한 또 다른 답은 '그 사람이 하는 일은 그 사람을 말해준다'는 말에서도 찾을 수 있다. 과거에 어떤 일을 했건 현재의 내가 하는 일이 '나'인 것이다. 즉 현재의 나를 규정하는 정체성의 이름표가 나인 것이다. 이에 대해 영국의 철학자이자 작가인 줄리언 바지니는 그의 저서 《당신의 질문은 당신의 인생이 된다》에서 이렇게 이야기한다.

"부모, 교사, 아마추어 사진작가, 스쿼시 선수, 은퇴한 사업가, 노련한 정원사 등 다양한 이름표가 존재한다. 우리의 정체성을 이름표 몇 개로 정리해두는 건 꽤 유용하다. '이것 봐, 나는 이런 사람이야'라고 말할 수 있기 때문이다."

"그럼 나의 정체성을 나타내는 이름표는 무엇일까?" 잠시 생각해 보았다.

중국과 사업을 하며 '사업가 겸 해외사업 컨설턴트'였던 나는 코로나로 몇 년간 발이 묶였다. 호흡기가 유난히 약한 탓에 집밖 출입조차 삼가며 지내야 했다. 기회는 이때다 싶어 오랫동안 하고 싶었지만 시간을 내지 못했던 글을 쓰기 시작했다. 그 결과물로 《매너레벨 올리기》라는 일종의 교양서도 한 권

출간했다. 운 좋게도 오디오북으로도 만들어지고 베트남에 수출 계약까지 되었다. 덕분에 용기를 내어 요즘은 글 쓰는 재미에 푹 빠져 살고 있다. 그러니까 지금 내가 하는 일은 잘 쓰든 못 쓰든 글쓰기이고, 나의 정체성을 나타내는 이름표 중 하나는 '작가'인 것이다.

"나는 어떤 사람일까?"라는 질문에 대한 답을 구하는 또 다른 방법은 '내 주변에 어떤 사람들이 있는가?'를 살펴보는 것이다. 철학자 김형석 교수는 그의 저서 《김형석의 인생문답》에서 오늘의 나는 "어떤 스승을 만났는가? 어떤 친구와 같이 살았는가? 어떤 배우자를 맞았는가?"의 결과에 의해서 만들어졌다고 이야기한다. 그의 글을 읽고 있자니 예전에 부장판사 출신인 변호사와 식사하면서 들었던 이야기가 떠올랐다. "제가 판결을 내리다 보니, 사람 3명만 잘못 만나도 사형수가 되더군요." '나'다운 인생을 잘 살기 위해서는 사람과의 인연이 얼마나 중요한지를 확실하게 알려주는 말이어서 지금도 생생하게 기억하고 있다. 나도 사기꾼 한 명 잘못 만나서 인생이 지옥으로 떨어져 죽으려고까지 생각한 적이 있으니 말이다. 그러니 3명이면 충분히 사형수도 될 수 있겠다는 생각이 들었다.

이렇게 다양한 방법으로 '나는 어떤 사람일까?'라는 질문에 대한 답을 해나가다 보면 "'나'다운 인생을 제대로 살고 있는가?"에 대한 답도 얻을 수 있을 것이다. "나는 어떤 사람일까?" 지금도 계속해서 자신에게 묻고 있는 중이다.

? 물음표

**나는 어떤 사람일까요?**

## 비교할 때는 제대로 하자

가능하면 비교하지 않되, 하게 될 때는 위뿐만 아니라 아래와 좌우로도 한다. 위로만 비교하면 만족에 끝이 없기 때문이다.

책을 읽다 보면 '남들과 비교하지 말자'라는 말을 가끔 보게 된다. 그런데 득도(得道)한 것도 아닌 나 같은 평범한 사람이 남들과 비교하지 않고 사는 건 사실 어렵다. 나만 그렇지는 않은가 보다. 마음 챙김을 연구하고 있는 박진영 작가도 《나, 지금 이대로 괜찮은 사람》에서 이렇게 이야기하고 있다.

"인간이 자신을 평가하는 중요한 기준 중 하나가 '비교'이다. 우리는 원하든 원치 않든 끊임없이 나와 남을 비교해서 자기 위치를 파악하는 사회적 동물이다. 다른 사람들이 10을 하든 100을 하든 오직 나만의 기준으로 만족하면서 살 수 있다면 좋을 텐데, 우리에게는 그게 너무 어렵다."

그래서 나는 너무도 어렵다는 '비교하지 않기'의 난이도를 내 방식으로 좀 낮추어서 비교하며 살고 있다. 가능하면 비교를 하지 않되, 하게 될 때는 위뿐만 아니라 아래와 좌우로도 한다. 위로만 비교하면 만족에 끝이 없기 때문이다. 끝없이 위쪽으로만 비교하다 보면 우리를 기다리는 것은 스트레스, 불안, 우울뿐이다.

나와 언니, 동생하며 아주 가깝게 지내는 준 재벌 정도로 부유한 중국인 여동생이 있다. 처음 알게 되었을 때는 보석이나 명품을 내게 은근히 자랑하곤 했다. 그런데 번쩍이는 10캐럿이 넘는 다이아몬드 반지를 하고 만나도 내가 전혀 부러워하지 않자 재미가 없어진 것 같았다. 어느 순간부터는 그런 자랑을 그만두었다. 오히려 내가 하고 다니는 값비싸지 않은 액

세서리를 예쁘다며 수시로 탐내서 선물로 주곤 했다.

보석 싫어하는 여성은 아마 거의 없을 게다. 나도 무척 좋아한다. 하지만 내 것이 아닌 것을 부러워한다고 그것이 내 것이 되는 것도 아니고, 아무리 비싼 보석을 가진다 한들 더 비싼 보석은 세상에 널려있기 마련이다. 내가 이런 마음가짐이라 그런지 아무리 비싼 보석을 봐도 부럽지가 않다. 그 대신 내 수준에 맞는 보석을 선택해서 만족하며 즐긴다.

반면에 그 여동생은 가진 것이 많은데도 늘 위를 보며 산다. 주변의 지인들은 자가용 비행기를 타고 다니는데, 자기는 아직 자가용 비행기가 없다며 속상해 한다. 계속 더 높은 곳을 바라보기 때문에 그렇게 많이 가지고도 행복하지 않아 보이는 것이다. 그런데 지하철을 타고 다니는 나는 그녀의 롤스로이스나 페라리를 보고도 부러웠던 적이 없다. 운전을 못하는 나에게는 그냥 예쁜 장난감 자동차나 마찬가지이기 때문이다. 세상 잣대로 보면 그 여동생은 경제력 면에서 나와 비교도 할 수 없을 정도로 위에 있는 사람이다. 하지만 내가 비교도 하지 않고 부러워도 하지 않기 때문에 그녀의 재산은 내 마음에 아무런 영향도 주지 못한다.

난 요리를 못한다. 그래서 간혹 나를 깎아내리고 싶은 사람은 "여자가 그 나이 되도록 음식도 할 줄 모른다."고 험담을 한다. 평생 직장생활을 한 남자에게는 요리 못한다는 흉을 보지 않으면서 평생 밖에서 일하며 지낸 내가 여자라는 이유로 요리 못하는 걸 흉보는 것이다. 그런데 나는 전혀 마음이 상하지 않는다. 나 스스로 요리에 관심이 없고 또 못한다고 인정을 했기 때문이다. 설령 남에게 비교 당하더라도 나 스스로 비교 당했다고 생각하지 않으면 그만이다. 신도 아닌 내가 모든 일을 다 잘할 필요는 없으니까 말이다. 그럴 때면 나보다 더 요리를 못하는 사람을 생각하며 아래쪽으로 비교하면 스트레스 쌓일 일이 없다.

하지만 내 본업에서 나보다 잘하는 사람이 있으면 그때는 태도가 돌변한다. 나와 비교하면서 하나라도 더 배우려고 노력한다. 위를 보고 비교하는 건 이럴 때 하면 된다. 그렇다고 상대를 질투하거나 나를 비하하거나 괴로워하지는 않는다. 세상에는 어차피 나보다 나은 사람이 널려있고, 그 사람은 그 중 한 사람일 뿐이기 때문이다.

난 운전도 못한다. 20대에 운전을 시작한 첫날 하루에 2번의 접촉 사고를 냈다. 그날이 그 차의 운전대를 잡은 첫날이자 마지막 날이 되었다. 그 일로 트라우마가 생겼는지 세월이 흘러도 운전대를 잡으면 사람이 바보가 된다. 미국 유학 시절에 대중교통이 발달하지 않은 곳에서 살다 보니 차 없이 생활하기가 어려웠다. 그래서 다시 운전을 시도했다. 걸어서 15분 정도 걸리는 마트에 차로 30분이나 걸려서 도착했다. 그것도 차가 거의 없는 동네 도로를 운전해서다. 마트 주차장에 도착하고도 다리가 어찌나 떨리던지 30여 분을 그 자리에 앉아 있다 겨우 차에서 내렸다. 운전 연수를 담당하는 강사가 돈을 아무리 많이 줘도 나만큼은 못 가르치겠다며 가버렸을 정도였다. 귀국해서 차가 넘치는 복잡한 서울에서 운전을 했을 때는 몸살이 나서 며칠씩 누워 지내야 했다. 결국 운전하느라 스트레스를 받느니 운전하지 않고 편하게 사는 것을 택하게 되었다. 요즘 세상에 누가 운전도 못하냐고 해도 마음에 담아두지 않는다. 심사숙고해서 선택한 내 생활방식이기 때문이다.

"세상에 나를 맞추려 들지 말고, 솔직한 내 모습대로 사는 게 중요합니다. 세상이 어떻든 누가 뭐라 하든, 내 마음이 하는 소리를 들으세요."

《괜찮은 척 말고, 애쓰지도 말고》의 저자 홍찬진 신부의 말처럼 살고 있는 것이다.

그런데 내가 힘들 때는 나보다 더 힘든 사람과 비교하면 위안이 된다. 비교는 이럴 때도 필요하다. 대학 시절의 나는 등록금과 생활비를 벌기 위해 하루 2~3시간 자면서 몇 개의 아르바이트를 해야 했다. 너무 힘들어서 지칠 때면 아르바이트를 가는 길에 일부러 잠깐 시간을 내서 남대문 시장을 한 바퀴 돌아보곤 했다. 좌판을 깔고 목이 쉬어라 '골라 골라'를 외치는 상인, 배에 고무판을 깔고 시장 바닥을 기어 다니며 물건을 파는 장애인, 추운 날씨에 겹겹이 옷을 껴입고 물건을 파는 아주머니…. 나보다 더 어려운 환경에서도 열심히 사는 사람들을 보면서 위로를 받았다. 그리고 다시 힘을 내서 일하러 갔다.

TV프로그램 중에 〈나는 자연인이다〉라는 프로그램이 있다. 이런저런 이유로 복잡한 곳을 떠나 자연에서 홀로 살아가는 사람들의 이야기이다. 이 프로그램을 즐겨 본다는 사람들을 가끔 만나긴 했지만 나는 전혀 관심이 없었다. 일단은 겁이 많은 내가 혼자 산속에서 살 가능성이 0%이기 때문이다. 그러던 어느 날 법정 스님의 산중 생활이 잘 그려진 《스스로 행복하라》라는 수필집을 읽고 나서는 자연인에 대한 생각이 바뀌었다. 그 뒤로는 일부러 찾아서 그 방송을 보기 시작했다. 방송에 출연하는 자연인 대부분은 "마음이 너무 편안하다", "행복하다"고 이야기한다. 처음 몇 번을 보는 동안에는 '정말 저런 생활이 행복할까?'하는 의구심이 들었지만 법정 스님이 글로 표현한 무소유의 평온한 산중 생활을 떠올리며 계속 시청했다. 그런데 아무리 여러 편을 보아도 그들의 표정은 정말 행복해 보였다. 세상 기준에서는 거의 가진 것 없이 사는 그들이 자기만의 기준으로 세상 모든 것을 다 가진 사람처럼 행복해했다.

우리들 모두가 그 자연인들처럼 살 수는 없다. 하지만 자연 속이 아니라 사람들과 어울려 살면서도 위만 보고 비교하며 괴로워하지 않는다면 얼마든지 내 삶에 만족하며 살 수 있지 않을까? 남과 비교하며 따라가기 위해 애쓰지 말고 그냥 '나하고 다르구나.'라고 쿨하게 생각하면 어떨까. 아무리 잘나고 성공하고 행복하다고 한들 하늘에서 보기에는 도토리 키 재기일 테니까.

? 물음표

**살면서 남과 비교될 때 어떻게 하시나요?**

## 나와 절친되기

'나'와 베스트 프렌드가 되어 잘 지내다 보니 어느 순간부터 내 삶이 많이 좋아졌다. 마음이 평온해지고 행복지수도 올라갔다. '무슨 좋은 일이 있냐?'고 묻는 사람도 많아졌다.

어떤 강의에서 '3명 이상의 베스트 프렌드가 있다면 성공한 인생'이라는 말을 들었다. 그때 문득 내가 베스트 프렌드에게 어떻게 대하고 있는지 떠올려 보았다.

◇ 친구의 현재 모습을 인정하고 존중해 준다.

◇ 칭찬을 많이 해준다.

◇ 힘든 일이 생기면 함께 고민하고 위로하고 돕는다.

◇ 내가 힘들 때 도와준 친구에게 고마움을 전하고 기회가 될 때 보답한다.

◇ 기쁜 일이 생기면 내 일처럼 기뻐한다.

◇ 친구가 한 행동이나 결정을 지지하고 격려해 준다.

◇ 누군가 친구를 비난하거나 험담을 하면 나서서 친구를 보호한다.

◇ 함께 만나고 있을 때는 미소를 짓고 따뜻한 표정으로 바라봐 준다.

◇ 친구의 이야기를 잘 들어주고 친절하게 대한다.

◇ 내게 잘못을 하더라도 웬만한 건 사정이 있으려니 하고 이해하고 용서한다.

◇ 서로의 관계가 오래 잘 유지되도록 약속을 잘 지키고 공평하게 처신하려고 노력한다.

◇ 아무리 가까워도 서로 지켜야 할 선을 넘지 않고 상대에 대한 기본 매너를 지킨다.

◇ 친구가 상처받을 말이나 행동을 하지 않는다.

이렇게 하나하나 나열해 보고 있자니 좋은 친구관계를 유지하는 데 엄청난 노력을 하고 있다는 걸 새삼 깨달았다.

그럼 평생 함께해야 하는 '나'에게는 어떻게 대하고 있을까? 친구들에게는 좋은 사람이 되려고 그렇게 노력하면서, 정작 나 자신에게는 그런 노력을 거의 하지 않고 있다는 것을 알게 되었다. 걸핏하면 실수했다고 '나'를 비난했고, 더 열심히 하도록 몰아붙이며 늘 힘들게 했었다. 얼마나 힘드냐고 제대로 위로를 해준 적도 없었다.

내가 나에게 하듯이 이렇게 친구를 대한다면 베스트 프렌드는 고사하고 아무도 내 곁에 남아 있지 않을 거라는 생각이 들었다. 생각이 여기까지 미치자 나에게 좀 더 친절해져야겠다는 생각이 들었다. 그래서 나의 절친 명단에 '나, 이정민'을 넣어주기로 했다. 그리고는 내 친구들에게 대하는 것과 똑같이 나를 대하는 연습을 했다. 물론 한동안은 제대로 되지 않았다. 그럴 때마다 거울 앞에서 '내 친구 이정민'과 마주하고 대화를 했다.

"정민아, 미안해. 네가 친구인 걸 자꾸 깜빡하네…. 앞으로는 더 잘 대해줄게."

스탠포드 의과대학의 임상 정신과 의사이자 교수인 데이비드 번즈(David Burns)는 그의 저서 《필링 굿(Feeling Good)》에서 자존감을 높이는 방법 중 하나로, 자신을 소중한 친구처럼 대하는 것을 제시한다. 자신과의 대화에서 친구로서의 입장으로 생각하며, 부정적인 생각이나 자기 비하적인 말을 줄이고 대신 자신을 칭찬하고 격려하는 말을 하도록 노력하라는 것이다. 이를 통해 자신에 대한 자신감이 높아지고, 자존감도 향상된다고 한다. 이 방법을 사용하기 위해서는 자신에게 말을 걸어줄 때 친구와 대화를 나누는 것처럼 자연스럽게 대화를 이어나가는 것이 중요하다고 한다. 이렇게 자신을 친구로 대하는 방법은 나의 경우 정말 효과가 있었다.

세월이 흘러 요즘은 '나, 이정민'과 베스트 프렌드가 되어 사이좋게 잘 지내고 있다. 그래서 '나'에게 무리한 요구는 더 이상 하지 않는다.

◇ 힘들면 위로해 주고 충분히 쉬게도 해준다.
◇ 기뻐할 일이 생기면 마음껏 기뻐하고 축하도 해준다.
◇ 가끔 선물도 해준다. 친구에게 제일 좋은 걸 선물하듯이 '나'에게도 좋은 걸 선물한다.

◇ 잘한 일은 엄청 칭찬도 해준다.

◇ 친구에게 '잘했다, 보기 좋아, 대단하다'라며 관대하게 평가해주듯이 '나'에게도 그렇게 해준다.

◇ 친구가 실수한 일을 질책하지 않듯이 '나'라는 친구가 실수를 해도 '괜찮다'고 말해준다.

◇ 친구와 시간을 보내듯이 '나'에게도 시간을 내준다.

◇ 분위기 좋은 카페에서 차를 마시며 책을 보기도 하고, 공원에서 자연을 감상하며 산책을 하게도 한다

◇ 가능하면 자주 함께 여행을 간다.

◇ 친구에게 목표를 더 높게 잡으라고 닦달하지 않듯이 '나'에게도 그러지 않는다.

◇ 친구에게 좋은 사람이 되고 싶듯이 '나'에게도 그런 사람이 되려고 노력한다.

◇ 친구를 비난하지 않듯이 '나'도 비난하지 않는다.

◇ 친구에게 '너무 힘들게 살지 않아도 괜찮아'라고 말해주듯이 '나'에게도 '너무 열심히 살지 않아도 괜찮다'고 말해 준다.

이렇게 '나'와 베스트 프렌드가 되어 잘 지내다 보니 어느

순간부터 내 삶이 많이 좋아졌다. 자존감도 많이 올라가고 마음이 평온해지고, 행복 지수도 올라갔다. 그리고 '무슨 좋은 일 있냐?'고 묻는 사람도 많아졌다.

? 물음표

**나는 '나'와 어떤 관계일까요?**

셋째 마당

# 열심병 극복하기

## 때로는 대충 살아보자

어떻게 사는 것이 잘 사는 인생인지 정답은 없다. 최고가 되기 위해 너무 애쓰며 살고 있는 당신이 때로는 대충 살기도 하고 한 발 뒤로 물러서서 쉬기도 하면서 살았으면 좋겠다.

내게는 시험을 잘 봤다고 생각하는 기준이 늘 100점이었다. 마음을 내려놓고 사는 요즘도 기준은 변함이 없다. 물론 내가 100점을 받겠다는 게 아니라 생각의 기준이 그렇다는 말이다. 그런 내게 우리 아들은 다른 별에서 온 생명체처럼 여겨진다. 시험을 잘 봐야 한다는 개념 자체가 아예 없기 때문이다. 아무리 낮은 점수를 받아도 멀쩡하다. 나라면 충격받고 쓰러졌을 것 같은 점수를 받아도 고민하거나 괴로워하는 모습을 본 적이 없다.

그런데 100점, A+를 목표로 죽기 살기로 공부했던 나보다 성적에 대해 전혀 신경 쓴 적이 없는 우리 아들이 더 즐겁고 마음 편하게 잘 산다. 그런 아들을 보고 있노라면 나도 대충 공부했다면 좀더 여유 있게 인생을 즐기면서 살았을 텐데 하는 후회도 든다. 공부 잘한다고 인생이 행복해지는 건 아니라는 걸 뒤늦게 깨달았으니 말이다. 그래서 아들에게 책 읽으라는 말은 해도 "공부 잘해라, 좋은 성적 받아라."라는 말은 안 한 지 오래되었다.

나는 무언가를 할 때면 되든 안 되든 일단 완벽하게 최대한 빨리 하는 걸 목표로 살아왔다. 그런데 내가 열 달 품어서 낳은 우리 아들은 나를 전혀 닮지 않았다. 아니 정반대다. 공부뿐만 아니라 일상이 대충 그 자체다. 그런데 결과가 남들보다 좀 느려서 그렇지 지나고 보면 신기하게 결국 할 건 다 한다. 재수를 해서 좀 늦었지만 대학도 졸업했다. 필요한 자격증들도 남들은 한두 번에 붙을 걸 몇 번 더 보더라도 결국은 취득했다. 시험 응시비가 조금 더 들었을 뿐이다. 취업도 자기 수준에 맞는 곳을 적당히 고르니까 어려움 없이 바로 했다. 스트레스를 거의 받지 않는 성격이다 보니 회사 다니기 힘들다는 말도 없이 잘 다닌다. 직장 동료들과 휴일에까지 만나서 식사를 같이 하는 걸 보면 직장 생활도 나름 잘하고 있는 듯하다. 옷에도 별 관심이 없어서 옷 사들이느라 낭비도 하지 않는다. 그저 아침저녁으로 깨끗이 잘 씻고 다니는 걸로 외모 관리를 다 했다고 생각한다. 수도요금이 조금 더 나올 뿐이다. 성격도 세상 급한 것이 없다. 키우면서 지금까지 뛰는 걸 본 적이 없다. 초등학교 때 축구를 시켰더니 세월아 네월아 걸어 다니면서 축구를 했다. 오죽하면 코치가 그만두는 것이 좋겠다고 나에게 하소연을 했다. 그런데 뛰지 않아도 되는 태권도나 씨름을 시켰더니 학교 대표 선수가 될 정도로 아주 잘했다. 이처럼 적성에 맞는 걸 찾아주니 문제거리들이 해결되었다.

방 청소도 살기 불편하지 않을 정도로만 한다. 모든 물건이 제자리에 있어야 하고 바닥에 머리카락 하나 없어야 직성이 풀리는 나는 잔소리를 참느라 힘들 때가 한두 번이 아니었다. 이 문제는 아들 방에 관심을 끊는 것으로 해결되었다.

지나고 보니, 늘 총총거리며 완벽하지 않으면 힘들어하는 완벽주의 엄마와 우리 아들이 별 마찰 없이 한집에서 잘 지낼 수 있는 건 아들의 무덤덤한 성격 덕분이라는 생각이 든다. 한쪽이 아무리 찔러도 상대가 반응을 하지 않으니 싸움이 될 리가 없다. 어쩌면 이런 엄마와 살기위해 생존 본능으로 자연스럽게 그렇게 변해갔는지도 모르겠다.

하루는 이런 엄마와 사는 아들이 혹시 자기 인생이 불행하다고 느낄지 은근히 걱정되어서 물어 보았다.

"아들, 너는 요즘 사는 게 어떠니? 뭐 부족한 거 있니?"

"아니요, 좋아요. 부족한 것도 없고요. 이 정도면 행복하다고 생각해요. 앞으로도 계속 이렇게 살 수 있다면 충분히 만족해요."

"그래? 엄마도 그런데…."

표현은 안 했지만 행복하다는 아들이 너무 고마웠다.

나도 아들처럼 대충 살아보려고 시도한 적이 있었다. 하지만 전투적으로 열심히 살던 사람이 갑자기 대충 살기란 생각보다 쉽지 않았다. 그래서 차선책으로 한발 물러서서 2등의 마음으로 사는 방법을 찾았다. 오래전에 읽었던 맥도날드와 버거킹의 사례에서 배운 방법이다. 맥도날드는 햄버거로 세계 1등을 하는 누구나 아는 글로벌 기업이다. 그런데 버거킹이라는 햄버거 기업은 1등을 할 생각 대신에 항상 맥도날드 뒤를 따라가며 기꺼이 1등 자리를 내어주었다. 그 대신 큰 위험 부담 없이 안정적으로 회사를 운영한다는 내용이었다. 가령 맥도날드가 시장 조사하느라 많은 비용을 투자해서 상권이 좋은 곳에 매장을 열면 버거킹은 상권 조사하는 비용과 시간을 들이지 않고 그 근처에 매장을 연다고 했다. 그렇게 하니까 1등은 하지 못하지만 큰 비용 들이지 않고 무난하게 기업을 꾸려나가고 있다는 내용이었다. 세월이 많이 흘렀으니 지금은 운영 방식이 바뀌었겠지만 책을 읽던 당시에는 정말 현명한 방식이라는 생각을 했었다.

혹자는 말한다. '세상은 1등만 기억한다'고. 하지만 맨 앞에서 1등으로 달리는 것은 모든 사람의 시선이 쏠린다는 뜻이다. 시기와 질투도 제일 많이 받을 수 있는 자리이기도 하다. 게다가 뒤에 쫓아오는 2등에게 자리를 빼앗길까 봐 항상 긴장하고 불안해야 한다. 하지만 2등 자리는 올라갈 일만 남은 희망도 있는 위치다. 1등 하겠다는 마음으로 힘들게 살지 아니면 2등도 괜찮다며 좀 여유 있는 마음으로 살지는 각자의 인생관에 따라 정하면 된다. 물론 2등 하는 것도 쉽지만은 않은 일이다. 내 말은 2등을 하자는 것이 아니라 한발 물러서는 마음의 여유를 갖자는 것이다.

직장 생활을 하다 보면 남을 누르고 맨 앞에 서야 직성이 풀리는 승부사 기질을 가진 사람이 꼭 있다. 직장에서 그런 사람을 만나면 그냥 그렇게 하게 놔두고는 조용히 뒤에 물러서서 지켜본다. 일단 내가 뒤로 물러서 있는 모습을 보이면 더이상 나에게 시비를 걸지 않기 때문에 직장 생활이 편안해진다. 그런데 앞에 나선 사람은 다른 동료들에게 공동의 적이 되거나, 아니면 얼마 안 가서 또 다른 승부사가 등장해서 둘이서 서로 치고 받고 싸우다가 한쪽이 떨어져 나가는 경우가 대부분이다. 하지만 뒤로 물러서 있던 나는 적도 없고 싸움을 거는 사람도 없다. 책에서 읽었던 버거킹의 방법을 적용한 것이다.

어떻게 사는 것이 잘사는 인생인지 정답은 없다. 그래도 최고가 되기 위해 너무 애쓰기 보다는 대충 살기도 하고 한 발 뒤로 물러서서 쉬기도 하면서 살았으면 좋겠다.

? 물음표

**대충해도 된다고 생각한 일에는 어떤 것이 있나요?**

## 힘 빼고 살자

잘 사는 인생의 기준을 낮추면 그 수준에만 도달해도 만족하기 때문에 힘 빼고 편하게 살 수 있다.

'어떻게 살 것인가?'에 대해 명사들과 나눈 이야기를 담은 《사는 게 정답이 있으려나?》라는 책을 산책을 하면서 오디오북으로 재미있게 들은 적이 있다. 그 중에 가수 겸 라디오 DJ인 배철수 편에서 나온 "자신의 능력이 5면 3만큼만 하고 살면 편안하다."는 그의 삶의 철학이 기억에 남는다. 점수로 따지자면 60점 정도만 하고 살면 편안하다는 말이다. 맞는 말이다. 나는 그런 삶의 지혜를 자식에게서 배웠다.

몇 년 전 아들이 조리사 자격증을 취득해 보겠다고 이야기를 꺼냈다. 1차 필기시험에 합격해야 2차로 실기 시험을 볼 자격이 주어진다며 우선 필기시험 공부를 하겠다고 했다. 그런데 공부를 한다면서 책은 안 보고 컴퓨터 앞에만 앉아 있었다. 책상에도 뭘 메모해 둔 흔적도 없었다. 그런데도 물어보면 공부를 하고 있다고 했다. 인터넷에 올라와 있는 기출 문제들을 풀어보면 된다는 것이다.

내 기준에서 공부란 책을 구입해서 읽고, 내용을 이해하고, 밑줄 긋고, 중요한 내용은 쓰면서 외우고, 잘 외워지지 않거나 중요한 건 따로 표시해 두고, 요약 노트를 만들고, 문제를 최대한 많이 푸는 것인데 말이다. 답답해진 나는 아들을 도와주고 싶은 마음에 관련 책과 문제지를 주문해 주었다. 그런데 엄마의 성의를 무시하는 건지 시험을 보러 갈 때까지 책은 표지도 들쳐보지 않았다. 아니나 다를까 내 예상대로 시험에 떨어졌다. 그렇게 몇 번 떨어지기를 반복하더니 어느 날 필기시험에 합격했다며 실기 준비를 하겠다고 했다. 책은 들쳐보지도 않고 합격했다는 말이 믿기지 않았다. 그래서 몇 점을 받았냐고 물어보았다.

"62점이요. 60점 이상만 받으면 돼요. 자격증 시험은 엄마처럼 그렇게 전투하듯이 공부 안 해도 돼요."

겹겹이 쌓여있던 내 완벽주의의 틀이 아들 덕분에 한 겹 부서져 벗겨지는 순간이었다.

만약 내가 시험 준비를 했다면 60점 이상이면 통과되는 데도 보나마나 90점 이상의 점수가 나올 정도로 공부했을 것이다. 그런데 나처럼 머리 싸매고 공부하는 사람이나 푹신한 의자를 뒤로 젖히고 컴퓨터 화면으로 기출 문제를 들여다보며 편안하게 공부한 아들이나 60점만 넘으면 똑같이 시험에 통과하는 것이다. 이처럼 애써 힘줄 필요가 없는 일에는 힘 빼고 살아도 아무 문제가 없는 것이다. 우리 삶도 마찬가지다. 잘 사는 인생의 기준을 낮추면 그 수준에만 도달해도 만족하기 때문에 힘 빼고 편하게 살 수 있게 된다.

연세대학교 상담심리연구실에서 펴낸 《네 명의 완벽주의자》에 따르면 '뛰어나게 잘해야 한다.' '단 하나라도 실수하면 안 된다'와 같은 생각을 하는 나같은 완벽주의자들의 성향이 우울증을 유발한다고 한다. 불행한 완벽주의자들은 성공보다 실패에 집중하고 실수를 용납하지 못하기 때문에 성공하면 당연한 거라 느껴서 충분히 기뻐하거나 행복해하지 못한다고 한다. 성공을 향해 앞만 보고 전진하다 보니 그 과정을 잘 즐기지도 못하고 어쩌다 실패하면 자신을 비난하고 우울감에 빠지게 된다는 것이다. 그런데 놀랍게도 한국 성인을 대상으로 조사한 결과 53% 이상이 완벽주의적인 성향을 가지고 있다고 한다. 바꿔 말하면 2명 중 한 명은 우울증을 겪을 가능성이 있다는 말이다. 절대 완벽주의자일 수 없는 대충주의자인 우리 아들은 시험을 칠 때 뛰어나게 잘할 생각도 없고 시험에 떨어져도 우울해하지 않는다. '또 보면 되지'라고 생각한다. 매사 이런 식이니 아들의 인생은 힘들지 않고 행복한가 보다.

하지만 완벽주의자가 갑자기 우리 아들처럼 낙천주의자가 되기는 매우 어렵다. 몇십 년 옆에서 지켜보며 함께 살고있는 나조차 그렇게 하질 못하니 말이다. 그래서 나는 방향을 조금 바꿔서 행복한 완벽주의자로 살고 있다. 《네 명의 완벽주의자》에서 제시한 방법처럼 '반드시' 혹은 '무슨 일이 있어도'라는 말이나 생각을 하지 않는 것이다. 대신에 '가능하면' 혹은 '내가 할 수 있는 한 최선을 다하자'와 같이 좀 더 유연하게 말하고 생각하는 것이다. 그렇게 하다 보니 꼭 해야 한다는 부담이 줄어들었고 과정의 즐거움도 알게 되었다.

가령 우리는 보통 약속을 할 때 '3시에 만나요.' 혹은 '2시에 방문하겠습니다.'와 같이 말한다. 그러다 교통 사정 등으로 약속 시간에 좀 늦으면 미안해해야 하고, 기다린 사람은 마음이 언짢아진다. 그런데 중국에서 살아보니 그 사람들은 약속을 할 때 좌우(左右)라는 한자를 써서 '3시 전후로 만나요' 혹은 '3시 정도에 만나요'처럼 표현을 했다. 이렇게 약속을 하기 때문에 2시 50분에 가도 되고 3시 10분에 가도 괜찮았다. 그래서 나도 중국 표현법에서 배운 대로 꼭 시간을 정하지 않아도 되는 약속은 한국에서도 '전후'라는 표현을 사용하고 있다. 이렇게 하고부터는 약속 장소까지 가는 동안에 혹시 늦을까 염려되어 긴장할 필요가 없어졌다. 편안한 마음으로 책을 보기도 하고, 창밖 경치를 즐기기도 한다. 이런 식으로 가능하면 힘 빼고 사는 방법을 하나씩 찾아가다 보니 요즘은 하루하루가 느긋하고 평온하다.

**? 물음표**

**힘빼고 살아볼 생각을 해보셨나요?**

## 열심히보다는 지혜롭게

이런저런 인생 풍파를 겪고 살아보니 죽어라 열심히만 사는 것만큼 어리석은 일도 없다는 것을 깨닫게 되었다. 지혜롭지 않으면 모든 노력이 한 순간에 물거품이 되기 때문이다.

청년들이 부동산 사기를 당했다는 뉴스는 잊을 만하면 듣게 되는 안타까운 소식이다. 더 마음 아픈 건 그 돈이 몇 년간 먹을 거 입을 거 아끼고 투잡 쓰리잡까지 해가며 청춘의 낭만을 포기하고 열심히 산 대가이기 때문이다. 그 노력과 고생이 하루아침에 물거품이 된 것이다. 그 돈으로 맛있는 거 먹고, 놀러 다니고, 예쁜 옷 사 입고했다면 세월이 지나 후회하는 일은 생겨도 억울하지는 않을 텐데 말이다. 내가 이런 뉴스를 볼 때마다 마치 내 일처럼 안타까워하는 건 나 역시 그런 경험이 있기 때문이다.

30대 때 부동산 투자라는 걸 해본 적이 있었다. 무슨 배짱이었는지 부동산에 대해 '부'자도 모르는 주제에 신문 광고의 달콤한 문구를 보고 1억짜리 구분 상가를 덜커덕 계약했다. "한 달에 80만 원씩 10년간 월세 보장"이라는 광고 문구가 마음에 들어서였다. 광고에서 본 건설사는 누구나 아는 대기업이었고, 시행사 대표는 서울대 출신이라고 하니 더욱 믿음이 갔다. 그래도 누군가에게 한번 물어는 봐야 할 것 같아서 상가 개발을 하고 있는 지인에게 전화를 걸었다.

"이 상가에 투자해도 괜찮겠어요? 사장님도 이런 상가 분양하고 계시잖아요?"

"아, 그게…."

침묵이 한참 이어졌다.

"광고를 다 믿지는 마시고요. 잘 판단해서 하세요."

그때까지만 해도 부동산 투자를 해본 적이 없던 나는 상대방의 말을 제대로 해석할 능력이 없었다. 그래서 '전문가가 하지 말라는 말은 안 했으니 괜찮겠지'라고 받아들이고는 대출까지 받아서 계약을 해버렸다. 그런데 잔금까지 다 치르고 나자 시행사 대표가 해외로 도망을 가버렸다. 그리고 그 상가는 몇십 년이 흐른 지금도 공실로 남아있다. 팔고 싶어도 아무도 사겠다는 사람이 없어서 해마다 세무서에 무실적 신고를 하고 있다. 그 건물이 사라지기 전까지는 그래야 한다고 한다. '1억 원금과 수년 간의 대출 이자까지 날린 것이다. 그 돈으로 불우이웃 돕기를 했더라면 마음이라도 행복했을 텐데 말이다. 잠도 제대로 못 자면서 힘들게 번 돈을 사기꾼 손에 고스란히 쥐어준 것이다.

한때는 그 지인이 똑 부러지게 "위험하니 하지 마세요."라고 해주었더라면 얼마나 좋았을까 하는 원망을 해본 적도 있었다. 하지만 부동산 책을 몇 권 읽고 난 후에는 모든 것이 내가 무지해서 생긴 일이라는 것을 깨달았다. "광고를 다 믿지는 마시고요. 잘 판단해서 하세요."라는 말인즉슨 "위험하니 하지 마세요."라는 뜻이었던 것이다. 구분 상가는 칸이 정확하게 나누어진 형태의 상가가 아니기 때문에 시행사 대표가 도망을 가지 않았더라도 문제가 생기면 팔기가 하늘의 별따기

만큼 어려운 상가이다. 그 지인은 아마 내가 그렇게 무식한 줄 모르고 알아 들었을 거라고 여겼을 것이다. '아는 만큼 보인다.'는 말이 괜히 있는 게 아니었다. 지나고 보니 그나마 한 개만 계약한 걸 다행이라 여기고 감사할 뿐이다.

매사 공부를 하지 않으면 절대 움직이지 않던 내가 그날은 아마 무언가에 홀렸던 것 같다는 생각마저 든다. 생전 보지도 않던 부동산 광고를 눈여겨 본 것도 그렇고, 몇십만 원도 아닌 1억짜리 투자를 옷 한 벌 사듯이 덜커덕 사버렸으니 말이다. 그런데 나처럼 당한 사람이 한두 명도 아니고 900명이 넘었다. 노후대비한다고 퇴직금을 모두 투자한 사람도 있었다. 그 후로 꽤 긴 세월이 흐르다 보니 분양받은 사람 중에는 이미 고인이 되어 연락조차 되지 않는 경우도 꽤 있다고 한다. 노후에 얼마나 마음 고생, 돈 고생하며 살았을지 미루어 짐작이 된다. 실패를 거울삼아 그 후로는 부동산 공부를 틈틈이 해두었다. 또다시 그런 어처구니없는 사기를 당하면 나 자신을 용서하지 못할 것 같아서였다.

이런 저런 인생 풍파를 겪고 살아보니 죽어라 열심히만 사는 것처럼 어리석은 일도 없다는 것을 깨닫게 되었다. 지혜롭지 않으면 모든 노력이 한순간에 물거품이 되기 때문이다. 30대의 나를 포함해서 전세 사기를 당한 청년들이 돈을 모으느라 열심히 일한 시간과 노력을 조금만 나누어서 부동산에 관한 책 몇 권만 읽었어도 돈도 잃지 않고 열심히 산 보람도 지켰을 것이다.

그런데 생소한 분야는 처음에는 무슨 책부터 읽어야 좋을지 막막할 수 있다. 그런 사람들에게 김형석 교수는《인생문답》에서 이렇게 조언하고 있다.

"책 읽은 사람은 다음에 뭐 읽겠다, 그다음엔 뭐 읽겠다가 자연히 나오는데 한 권도 안 읽었으니까 꼭 한 권 알려달라고 하거든요. 그래서 '뭐든지 하나 읽어라'고 해요. '읽으면 또 나오고 나오고 그러니까 우선 무엇이든 읽어라'고 그러죠."

정말 공감 가는 말이다. 나도 비슷한 방법으로 독서를 하고 있기 때문이다. 생소한 분야의 첫 책을 고를 때는 가능하면 두께가 얇고, 내용이 기초적이고, 글씨도 크고, 구성도 여백이 있는 보기 편안한 책을 고른다. 그림이나 사진이 있으면 더욱 좋다. 이런 책을 고르는 이유는 첫 책이 어려우면 흥미를 느끼지 못하기 때문이다. 이렇게 가볍게 한 권 읽고 나면 김형석 교수의 말처럼 그다음에 무엇을 읽어야 할지가 나온다. 혹은 그 책의 뒷면에 적혀 있는 '참고도서' 목록을 확인해 보기도 한다. 이렇게 해서 연결 연결된 책은 한 분야에 대해 최소한 10권 이상 읽는다. 그 분야에 대해 말을 알아듣는 정도는 되고 싶어서다. 물론 독서를 아무리 해도 잘 이해가 되지 않는 어려운 분야도 있고 한 권 읽고 나면 흥미가 없어지는 분야도 있다. 그럼 그런 건 '아, 이런 게 있구나.' 정도로 이해하고 넘어간다. 어차피 세상 지식을 내가 다 알 수도 없는데 시간 낭비를 할 필요가 없기 때문이다.

이렇게 틈틈이 읽어 둔 책들은 나에게 훌륭한 멘토 역할을 해준다. 집을 구입할 때 대출을 활용해서 재테크 레버리지를 하듯이 책을 읽어서 지혜 레버리지를 하는 것이다. 가령 부동산에 관한 책을 어느 정도 읽고 나서 전문가의 수업을 들으면 아무것도 모를 때 들리던 것과는 달리 똑같은 이야기를 들어도 알아듣는 정도가 완전히 달라진다. 책을 읽으면서 궁금했던 것들도 풀리면서 지식이 몇 단계 점프하는 것이다. 그 몇 단계 올라간 지식과 지혜는 내 노력을 몇 배 몇십 배로 불려주는 역할도 한다. 가령 같은 금액으로 부동산 투자를 해도 수익에서 차이가 많이 난다. 책 읽기가 지혜 레버리지는 물론 부의 레버리지까지도 도와주는 것이다. 그래서 나는 내가 원하면 언제든지 멘토를 만날 수 있는 책 읽기를 정말 중요하게 여기고 있다. 물론 수시로 의논할 수 있는 진짜 멘토가 있다면 더할 나위 없겠지만 말이다.

요즘 세상은 예전보다 살기가 점점 더 복잡하고 어려워지는 것 같다. 그럼에도 불구하고 그런 세상에서 살아갈 내 인생 후배들이 더 여유 있고 안전하게 살아갔으면 좋겠다는 바람이다. 그러려면 삶이라는 요리 레시피에서 열심히는 조금 덜어내고 지혜라는 재료를 듬뿍 첨가하면 훨씬 부드럽고 감칠맛 나는 삶이 되지 않을까 생각한다.

? 물음표

**인생을 어떻게 레버리지 하고 있으신가요?**

## 휴식 시간 먼저 챙기기

우리 몸이 휴식이 필요하다는 경고를 해줄 때는 무조건 쉬어야 한다. 고려 사항이 아니라 필수 사항이다.

지쳐서 쓰러질 때까지 일하는 데 길들여진 사람들은 강제로라도 쉴 시간을 먼저 만들어 두지 않으면 쓰러지고 나서야 어쩔 수 없이 쉬게 된다. 예전의 내가 그랬다. 하지만 지금의 나는 달라졌다. 타이머 2개에 시간을 맞춰두고 일을 하다 타이머 알람이 울리면 무조건 휴식을 취한다. 타이머 2개 중 한 개는 중간 시간에 맞추어 두는 용도로 사용한다. 첫 번째 알람은 반 정도 지났다는 걸 알아차려서 일의 속도를 조절하기 위한 것이다. 그렇게 하면 두 번째 알람이 울렸을 때는 일이 어느 정도 마무리가 되어서 편안한 마음으로 쉴 수 있기 때문이다. 물론 여전히 완벽주의적인 요소가 남아있는 방법이긴 하다. 그래도 쉬기로 미리 정해둔다는 점에서 엄청난 발전이라고 생각한다.

계획표를 작성할 때도 마찬가지다. 이제는 한 가지 프로젝트가 끝나는 시기에 아무 계획이 없는 기간을 미리 정해두고 있다. 이렇게 시간의 여백을 두었더니 일정이 좀 미루어지더라도 마음이 조급해지거나 스트레스를 받지 않게 되었다. 쉬기로 한 날에는 여행을 하거나 친구를 만나기도 한다. 하지만 가급적이면 정말 아무것도 하지 않고 온전히 쉬고 있다.

우리 몸은 사실 한순간에 망가지지 않는다. 몇 단계에 걸쳐서 친절하게 경고를 해준다. 뒷목이 뻣뻣해지기도 하고, 노곤해지면서 쉬라고 알려준다. 그런데 열심러들은 일에 열중하느라 내 몸에서 오는 에너지 소진 경고를 무시하곤 한다. 그러다 결국 예전의 나처럼 병원 신세를 지거나 하늘나라에 갈 준비까지 해야 하는 상황이 되는 것이다.

우리 몸이 휴식이 필요하다는 경고를 해줄 때는 무조건 쉬어야 한다. 고려 사항이 아니라 필수 사항이다.

예전에는 계획대로 일을 하려고 아무리 피곤해도 일이 끝날 때까지 밤늦도록 일을 했다. 하지만 그 결과가 어떻게 될지 너무 잘 알고 있기에 이제는 몸이 피곤하다고 말하면 무조건 일을 멈추고 쉰다. 이 세상에 내 건강보다 더 소중한 건 없기 때문이다.

그런데 이렇게 쉬면서 일을 하는데도 열심러로 살 때보다 오히려 더 여유 있게 만족하며 지내고 있다. 중요한 일을 중심으로 처리하는 습관을 만들었기 때문이다. 열심병을 고치기 전에는 하루 일과를 30분 단위로, 때로는 10분 단위로도 나누어서 계획표를 작성하고 실천했었다. 모든 계획에 실천했다는 줄긋기를 해야만 열심히 하루를 살았다며 만족해했다. 그런데 이제는 더이상 줄긋기에 집중하는 계획표는 만들지 않는다. 중요한 일 순서로 계획을 짜고 있기 때문이다. 하루에 해야 할 일을 전날 저녁에 우선 쭉 메모를 한 후에 가장 중요한 순서로 다시 정리를 한다. 그리고는 '상위 20%가 전체 생산의 80%를 해낸다.'는 파레토의 법칙을 적용한다. 할 일 목록에서 꼭 안 해도 되는 일이나 효율이 낮은 일은 제거해 버리는 것이다. 단 예외는 있다. 중요하지도 않고 효율이 떨어지더라도 내가 꼭 해보고 싶은 일은 남겨둔다. 나중에 후회하지 않기 위해서다. 이렇게 하다 보면 꼭 해야 할 일이 한두 가지 내지는 많아야 몇 가지 정도이기 때문에 굳이 줄긋기를 하지 않아도 된다. 그리고 대부분 해낼 수 있기 때문에 만족도도 높다.

이렇게 중요한 일 중심으로 계획을 세우고 일을 하다 보면 중간중간 해야 할 일이 머리에 떠오르곤 한다. 그런데 그런 생각이 머릿속에 계속 떠돌고 있으면 지금 하고 있는 일에 집중하기가 어렵다. 그래서 종이에 메모를 해두고는 머리에서 지워버린다. 핸드폰이나 컴퓨터의 메모장은 가능하면 사용하지 않는다. 편리성 때문에 한동안 사용해 보았는데 득보다는 실이 많았다. 나도 모르게 이것저것 눌러 보면서 시간을 낭비하는 경우가 많았기 때문이다.

같은 맥락에서 나는 SNS를 하지 않는다. 한때는 시대에 뒤지지 않으려면 해야 하지 않을까 하는 생각도 했었다. 그런데 특별한 목적도 없이 SNS를 하면서 귀중한 시간을 낭비하는 사람들이 더 많은 걸 보고는 마음을 접었다. 차라리 그 시간에 내가 좋아하는 취미 생활을 하거나 쉬는 쪽을 선택했다. 언젠가 필요한 이유가 생기면 그때 해볼 생각이다.

요즘은 어떤 일을 하기 전에 '무엇 때문에 이 일을 해야 하지?'라는 근본적인 질문을 먼저 해본다. 그렇게 묻다 보면 많은 일들이 필요 없는 일이 되고 정말 중요한 일만 남게 되기 때문이다. 결국 꼭 필요한 중요한 일만 하게 되니까 휴식 시간을 먼저 정해도 훨씬 여유 있고 효율적으로 일을 할 수 있게 되었다. 게다가 쉬면서 일을 하니까 몸 컨디션도 좋아져서 삶의 만족도가 올라가는 보너스도 받고 있다.

? 물음표

**휴식이 필요할 때 제대로 쉬고 있나요?**

## 때로는 포기할 줄도 알아야 한다

포기해야 할 것이 무엇이 되었든 포기하는 것이 더 나은 선택일 때는 과감하게 포기하자.

살다 보면 자의든 타의든 포기를 해야 할 때가 있다. 그런데 '포기'를 어떻게 대하느냐에 따라 삶이 많이 달라진다. 한때 나는 '철의 여인'이라고 불렸다. 포기를 몰랐기 때문이다. 포기한다는 건 스스로에게 그리고 세상에 지는 것이고 실패한 것이라고 생각했기 때문이다. 그 오만한 생각 탓에 쓰러져서 병원 신세도 여러 번 졌었다. 그런데 지나온 삶을 돌아보니 포기한다는 것이 무조건 나쁜 것만은 아니었다. 적절한 포기는 오히려 인생을 편안하게 만들어 준다.

요즘은 할 만큼 했는 데도 할 수 없다는 생각이 들거나, 하다 보니 더이상 할 필요가 없는 일이라면 과감하게 포기해 버린다. 내 인생을 낭비하고 싶지 않아서다. 할 만큼 노력했기 때문에 포기하고 나서 후회도 없다. 오히려 속이 후련할 때도 많다. 최대호 작가의 《보이지 않는 곳에서 애쓰고 있는 너에게》에서 읽은 다음 문장이 마음에 와닿는 건 그런 이유에서일 게다.

"포기하는 건 도망치는 게 아니에요. 나를 더 행복하게 만드는 도전을 하는 겁니다."

포기할 때는 타이밍이 중요하다. 예전에 음성을 녹음하는 새로운 기술을 개발한 기술자를 컨설팅해준 일이 있었다. 그 제품으로 사업을 할 수 있게 도와달라고 했다. 그런데 마침 한 대기업에서 상당한 금액을 제시하며 그 제품의 특허를 사겠다는 제안을 해왔다. 나는 무조건 팔아야 한다고 그 기술자를 설득했다. 그런 제품은 얼마 가지 않아 다른 기술로 대체될 걸

예상했기 때문이다. 게다가 자신의 기술이 최고라며 고집을 피우다 그 기술이 무용지물이 되고 나서야 후회하는 사람들을 여럿 상담해 본 경험이 있어서 해준 조언이었다.

"그 정도 금액이면 오랫동안 노력하신 데 대한 보상도 되고, 더 좋은 제품을 개발하는 데 재투자해도 충분한 금액이라고 생각합니다. 지금 그 특허를 팔지 않으면 나중에는 아무도 사지 않을 수도 있습니다."

이렇게까지 강하게 이야기를 해주었다. 하지만 그 기술자는 내 말을 듣지 않았다. 그 제품으로 직접 사업을 하면 그보다 몇 배 몇십 배 더 벌 수 있다며 고집을 부렸다. 사업을 해본 적이 없으니 기술을 개발하는 것과 사업을 경영하는 것은 완전히 다르다는 걸 알지 못했기 때문이다. 1년쯤 지나서 그가 나를 다시 찾아왔다.

"그때 해주신 말씀을 들었어야 했는데…, 지금 어떻게 팔 수 있는 방법이 없을까요?"

"죄송합니다. 이제는 아무도 사려고 하지 않을 겁니다. 더 이상 상품 가치가 없어서요."

모든 일에는 때가 있는 법이다. 1년 전에는 100억짜리 특허였지만 1년이 지나서는 그냥 종이쪼가리일 뿐이었다. 게다가 사업을 해본 적도 없는 사람이 그 제품으로 사업을 한다고 겁도 없이 일을 벌여서 빚까지 지게 되었다고 했다. 이처럼 포기도 제때 잘해야 한다.

포기해야 할 대상이 때로는 사람인 경우도 있다. 그중 하나는 결혼 상대를 정할 때이다. 인생에서 가장 중요한 일 중 하나는 결혼이라고 생각한다. 결혼에 실패하면 아무리 열심히 살아도 아주 오랜 세월 고통스러운 인생을 살게 된다. 그러니 결혼식장에 들어가기 직전까지라도 상대가 아니라고 생각되면 그 사람을 포기하는 것이 현명하다. 주변의 눈이나 체면보다는 내 행복이 제일 중요하기 때문이다.

연애를 하다 보면 상대가 나와 맞지 않는 점들을 발견하게 된다. 하지만 일단 사랑에 빠지게 되면 상대가 변할 거라는 막연한 희망을 가지고 결혼을 해버린다. 문제는 그렇게 한 결혼은 행복할 가능성이 많지 않다. 사람은 기본적으로 바뀌기 어렵기 때문이다. 물론 간혹 변하는 사람도 있기는 하다. 하지만 대부분 잠시나마 변하는 듯하다 결국 본모습으로 돌아가곤 한다.

직장 동료 중에 어디 하나 빠질 것 없고 모델 제의까지 받을 정도로 상당한 미모를 지닌 P가 있었다. 그녀는 가족과 주변의 모든 사람들의 반대를 무릅쓰고 사랑 하나만 믿고 결혼을 했다. 나중에 그녀를 만나서 들은 이야기는 이랬다.

남편이 된 사람은 홀어머니와 함께 사는 그야말로 찢어지게 가난한 집의 외동아들이었다. 그런데 그의 그런 가정환경은 P에게는 전혀 문제가 되지 않았다. 진짜 문제는 그가 여자 친구인 P에게 가끔 손찌검을 한다는 거였다. 하지만 사랑에 빠진 P에게는 "여자를 때리는 사람과 결혼하면 안 된다."는 주변 사람들의 말이 들리지 않았다. 결혼하고 나면 바뀔 거라 생각했다. 길거리에서 가마니를 뒤집어쓰고 살아도 그 사람과 살면 행복할 것 같았다. 심지어 가족의 잔소리가 듣기 싫어서 한국을 떠나 홍콩에서 직장을 구해 결혼 생활을 시작했다. 그런데 효자인 남편은 월급을 받으면 홀어머니에게 거의 다 보내버려서 쥐꼬리만큼 남은 돈으로 생활을 꾸려나가야 했다. 그래도 아무 불평하지 않고 알뜰하게 절약하며 살림을 꾸려 나갔다.

그러던 어느 날이었다. 남편과 함께 시장을 보러갔다가 낡을 대로 낡은 남편의 슬리퍼가 끊어지는 일이 생겼다. P는 얼른 뛰어가서 새 슬리퍼를 사다가 신겨 주었다. 남편에게 그런 신발을 신게 한 것이 너무 미안해서였다. 그러자 남편이 시장 한복판에서 느닷없이 P의 뺨을 때렸다. 그리곤 꿰매서 신으면 되는데 여자가 돈을 함부로 쓴다고 화를 내었다. '슬리퍼를 사와서 잘못했다.'고 무릎 꿇고 두 손으로 빌고 나서야 남편의 화가 겨우 풀렸다. 어느샌가 그녀는 사람들에게 둘러싸여서 구경거리가 되어 있었다. P는 결국 결혼한 지 1년도 되지 않아 그렇게 사랑했던 남자와 이혼했다. 그 후로는 남자라는 존재가 징그러운 벌레처럼 보여서 재혼도 않고 혼자 살고 있다고 한다.

여기까지 이야기를 한 P는 담배를 한 대 꺼내 물었다. 이혼한 후부터 피우기 시작했다고 했다. 그녀가 폭력을 사용하는 남자를 결혼 전에 포기했다면 어떤 인생을 살게 되었을까? 담배 연기를 뿜어내며 허공을 바라보는 그녀의 눈에서 쓰라린 상처 덩어리가 눈물이 되어 금방이라도 쏟아져 내릴 것 같았다. 옛말에 '사람은 고쳐 쓰는 것이 아니다.'라는 말이 있다. 오랜 세월 많은 사람들의 경험이 녹아 있는 말이다. 그러니 사람도 때로는 과감하게 포기하는 지혜가 필요하다. 포기해야 할 것이 무엇이 되었든 포기하는 것이 더 나은 선택일 때는 과감하게 포기하자.

? 물음표

**무언가를 포기해야 할 때 어떻게 하나요?**

## 과도한 책임에서 벗어나기

모든 책임을 내가 다 질 필요는 없다. 내가 책임을 지겠다고 나서면 상대방은 그 책임을 얼른 나에게 맡겨 버리기 때문이다. 사람들은 대체로 똑똑하다. 내가 책임을 다 떠안지 않는다는 걸 알게 되면 알아서 자기 살길을 찾는다.

책임감이라는 모래주머니를 여러 개 매달고 힘겹게 사는 사람들이 있다. 그 중에서 몇 개만 떼어내도 훨씬 편안해질 텐데 스스로 내려놓는 걸 어려워한다. 그렇게 살았던 사람이 바로 나였다. 가족에 대한 책임감으로 수십 년 동안 양쪽 어깨에 쌀을 한 가마니씩 올려놓은 듯한 생활을 했었다. 동생들이 성인이 되고도 그랬다. 마흔이 다되도록 씀씀이가 큰 동생들 카드값까지 막아주는 생활을 했다.

이런 나의 상태는 심리학의 〈애착이론〉(Hazan & Shaver, 1987)으로 설명이 가능하다. 사람들이 다양한 관계에서 안전하고 안정적인 대인관계를 형성하기 위해서는 다른 사람에게 의존하는 것이 필요하다는 이론이다. 이 이론에 따르면 불안한 애착 유형을 가진 사람은 인간관계에 대한 불안과 걱정을 경험하게 되는 경향이 있으며, 책임감과 돌봄 역할을 포기하거나 내려놓는 데 어려움을 겪을 수 있다고 한다. 돌보는 역할을 맡는 사람들은 그 대상이 안전하고 안정적으로 자라도록 보장해야 하기 때문이다. 어려서 아버지가 돌아가신 후로 동생들을 돌보는 역할을 맡다 보니 나도 모르게 책임감과 애착을 강화시킨 결과였다.

이런 불안한 애착은 상해의 길바닥에서 쓰러지던 날 이후로 완전히 내려놓았다. 가장 노릇 종료 선언, 즉 더이상 돈을 대줄 의사가 없음을 명백히 했기 때문이다. 내 몸에 수십 년 매달려 있던 모래 주머니를 과감하게 떼어 버린 것이다. 그 후로는 지금까지 몸도 마음도 가볍게 살고 있다. 더이상 번아웃 될 정도로 열심히 살 필요가 없게 되었기 때문이다. 동생들도 아무 문제없이 잘 살고 있다. 오히려 '왜 진작 그러지 못했을까'하고 후회했을 정도다. 내가 없어도 세상이 돌아가듯이 내가 없어도 동생들은 아무 문제가 없는데 말이다.

내 나이 또래 사람들에게는 장녀가 돈을 벌어서 동생들 뒷바라지했다는 이야기는 흔한 이야기다. 그런데 최근에 내 딸이었으면 좋겠다는 생각이 들 정도로 아주 마음에 드는 MZ세대의 K를 알게 되었다. 얼마나 열심히 사는지 예전의 나를 보는 듯해서 더 마음이 갔다. 그런데 그렇게 열심히 사는 이유가 가족에 대한 책임감 때문이라는 사실을 알게 되자 남의 일 같지가 않아 마음도 아프고 은근히 걱정되었다. 그녀의 사연은 이랬다.

K가 어렸을 때 사업을 크게 하던 외삼촌이 어려워지자 어머니가 보증을 서주었다. 마음 착한 공무원인 아버지까지 함께 보증을 섰다. 그런데 외삼촌이 그 빚을 갚지 않아서, 아버지가 매달 월급에서 반을 떼어서 갚아나갔다. 어머니는 그런

아버지에게 너무 미안해서 취업을 해서 생활비를 보태고 있다. 그러는 동안 외삼촌은 다시 사업이 잘되어서 이제는 큰 부자가 되어 떵떵거리며 살고 있다. 그런데도 빚을 돌려줄 생각을 전혀 하지 않아서 그녀의 부모는 아직까지 그 빚을 갚고 있다. 마음 여린 부모님은 돈을 갚으라는 말도 못한다고 한다. 결국 외삼촌 때문에 K의 가족만 십수 년 동안 비참한 생활을 하고 있는 것이다. 그래서 장녀인 자신이 보란 듯이 성공해서 다시 집안을 일으켜야 한다는 책임감을 가지게 되었다.

여기까지 자신의 이야기를 하던 K의 눈에 눈물이 맺혔다. 이야기를 끊고 싶지는 않았지만 목소리가 떨리며 눈물을 글썽이는 그녀가 안쓰러워 얼른 추임새로 말을 끊었다. 그리곤 한마디 해주었다.

"부모님 일에 대해서 K가 책임을 질 필요는 없어요."

그녀가 느끼는 '가족에 대한 책임감'이라는 걸 수십 년 경험했던 나는 그녀의 책임감의 무게가 온 마음으로 느껴졌다. 내가 어떻게 살았는지 알 리가 없을 테니 그녀의 이야기를 가슴으로 아파하며 들었다는 것도 알지 못했을 것이다. 내가 해준 추임새 한마디가 수십 년의 경험에서 나왔다는 것도 물론 알 리가 없었을 것이다. 그러니 그녀가 내 말을 이해하고 받아들였으리라 생각하지는 않는다. 그래도 부모님이나 동생이 본인이 걱정 안 해도 알아서 다 잘 살 거라는 걸 하루 빨리 알게 되길 바라 본다.

가족 문제가 되었든 직장 문제가 되었든 우리가 인생을 살면서 지게 되는 과도한 책임은 내려놓는 방법을 찾는 지혜가 필요하다. 안 져도 될 책임까지 짊어지고 살면 후회만 남을 뿐이다. 내 인생만 생각하고 책임지기에도 버거운 세상이다.

? 물음표

**과도한 책임에 시달려본 경험이 있나요?**

넷째 마당

# 인생이 편안해지는 지혜

## No라고 말하니 인생이 편안해졌다

'No'라고 말할 줄 알게 되자 인생이 정말 편안해졌다. 내게 주어진 시간과 정신의 온전한 주인이 된 것이다. 스스로 나를 지켰다는 뿌듯함은 보너스로 따라왔다.

'괜찮아요', '네'라는 말을 입에 달고 사는 사람들이 있다. 마음속으로는 '싫어요', '안 돼요'라고 말하고 싶은 순간에도 그런다. 위선이나 가식이 아니라 그냥 그런 말이 입 밖으로 나오지 못하는 것이다. 바로 내 이야기다. 나는 평생 '아니오' 소리를 제대로 해보지 못했다. 특히 어른들에게는 말뿐만 아니라 마음으로조차도 '아니오'를 못해본 중증 환자였다. 좋은 사람을 만나면 좋은 모습으로 비춰지겠지만, 나를 이용하려는 사람을 만나면 그저 만만한 호구에 불과했다.

이렇게 '아니오' 소리를 못하는 나의 태도는 〈승인의 필요성 이론(need for approval)〉으로 설명할 수 있다(Gerald Matthews 1990). 이 이론에 의하면 승인에 대한 높은 필요성을 가진 사람들은 자신의 필요와 욕구보다 타인에게 호감을 받고 수용되는 것을 우선시하며 낮은 자존감과 다른 사람들로부터의 부정적인 평가에 대한 두려움을 갖는 경향이 있다고 한다. 하지만 이러한 승인의 필요성은 때로는 다른 사람의 승인을 위해 자신의 가치를 희생하거나, 자신의 생각이나 행동을 바꾸는 등 자신의 정체성을 잃어버리는 경우가 있을 수 있다고 한다.

이런 성향을 가진 내가 가장 힘들었던 일은 컨설팅을 의뢰하려는 고객을 상담해 주는 시간이었다. 이런 해외 비즈니스 컨설팅은 일단 계약을 하게 되면 금액 단위가 크다 보니 예비 상담은 대개 무보수로 진행되었다. 그래서인지 애초에 계약할 생각도 없으면서 여러 번 찾아오고 연락해서 이것저것 정보만 빼내려는 얌체들이 의외로 많았다. 컨설팅 비용을 내지 않고 대략적인 노하우만 알아내고는 자기들이 직접 하려는 사람들이다. 그럴 걸 뻔히 알면서도 거절하지 못하고 친절하게 응대해 주었다. 한마디로 호구였던 셈이다. 그런데 문제는 소개 소개로 이런 예비 상담이 크게 늘었다는 것이다. 솔직히 컨설팅을 오래 하다 보니 한두 마디 이야기를 들어보면 상대가 어떤 의도로 나를 찾아왔는지 훤히 보였다. 그래도 소개한 사람의 체면을 봐서 상담을 해주곤 했다. 그러다 보니 정작 나는 시간이 부족해서 밤늦게까지 일을 해야 하는 상황이 자주 생겼다.

그러던 어느 날이었다. 늦은 저녁까지 일을 하고 있는데 코에서 무언가 뜨끈한 게 흘러내렸다. 새빨간 피가 하얀 블라우스 위로 툭툭 떨어졌다. 급히 코를 틀어막고 잠시 쉬고 있자니 내 자신이 너무 한심하게 느껴졌다. 쓸데없는 상담을 해주느라 내 자신을 착취하고 있다는 생각이 들어서였다. 피를 보고 나니 비로소 정신이 번쩍 들었다. 그래서 제대로 '거절'할 줄 아는 사람이 되어 보기로 했다.

그날 이후로 비즈니스 가능성이 없는 일은 간단히 전화 상담으로 끝내고 만나주지 않았다. 전화 상담도 10분 이상을 넘기지 않았다. 그래도 상대가 감정이 상하지 않도록 최대한 친절하고 예의 바르게 응대했다. 그랬더니 새로운 세상이 열렸다. 밤까지 남아서 일을 할 필요가 없게 된 것이다. 게다가 더이상 필요 없는 이야기를 들으면서 스트레스받는 일도 없어졌다. 드디어 내 시간의 주인이 된 인생을 살 수 있게 된 것이다.

살면서 돈보다 더 아껴야 하는 건 시간이다. 흘러간 시간은 돈을 주고도 되살 수 없기 때문이다. 그런데도 예전의 나를 포함해서 많은 사람들이 시간이 부족하다고 말은 하면서도 '거절'을 못해서 시간을 낭비하는 경우를 많이 본다. 요즘에는 누군가 내 시간을 필요로 하는 일을 요청하면 잠시 생각을 해보고 답을 한다. 그 일이 내 귀중한 시간을 나누어 줄 가치가 있는 일인지, 아무 조건 없이 도와줘야 하는 일인지, 혹은 거절해도 될 일인지 구분을 한 후에 답을 한다. 거절해야 되는 일은 상대의 자존심이 상하지 않게 최대한 배려의 화법으로 거절한다.

"해드리고 싶은데…."

"꼭 가고 싶은데…."

"만나 뵙고 싶은데…."

이처럼 처음에 '쿠션'을 한 번 넣어주고 시작한다. 목소리는 상대가 민망하지 않게 최대한 미안해하는 톤을 사용한다.

만약 성격상 당장 '아니오'라고 거절하는 것이 어렵다면 중간 쿠션장치를 이용해서 거절하는 방법도 있다. 내가 '싫어요' 소리를 못하던 시절에 간혹 사용했던 방법이다. 가령 누가 돈을 빌려달라고 하면 중간에 부모님이나 남편 같은 사람을 내세웠다.

"어떡하지요? 빌려 드리고 싶은데 얼마 전에 어머니가 급히 돈이 필요하다고 하셔서 다 드렸어요."

"남편이 제 돈을 관리하거든요. 남편과 의논해 보고 연락드릴게요."

이렇게 말을 돌린다. 그리고는 나중에 다음과 같인 마무리 한다.

"남편이 어렵다고 하네요."

"남편이 다른 곳에 모두 투자해서 여윳돈이 없다고 하네요. 미안해서 어쩌지요."

이렇게 약간의 하얀 거짓말을 보탠 거절은 내가 직접 거절한 건 아니기 때문에 '싫어요' 소리를 못하는 나도 충분히 할 수 있었다. 이렇게 한다고 나와 멀어지는 사람은 나를 이용하려던 사람이기 때문에 미안해하거나 마음 불편해 할 필요가 없다. 내 인생에 전혀 도움이 되지 않는 지나가는 사람이기 때문이다.

이 방법은 해외 사업을 할 때도 효과를 본 경우가 많았다. 협상 상황에 따라 어떤 때는 내가 결정권자라는 사실을 숨기고 대리인 행세를 했다. 곤란한 상황이 생길 때를 대비해서 결정하기 전에 물어보아야 할 누군가가 있다고 해두는 것이다. 그렇게 해두면 협상 조건을 거절하거나 더 유리하게 할 필요가 있을 때 요긴하게 활용할 수 있다.

"내 파트너가 그 조건을 허락하지 않네요."

"의뢰인에게 물어보고 답을 드리겠습니다."

이런 식으로 거절하거나, 시간을 벌어서 우리 측에 유리한 협상 조건을 받아 내는 것이다.

하루아침에 성격을 고치기는 쉽지 않다. 하지만 거절 못하는 성격으로 남에게 끌려다니며 살면 나중에 후회만 남는다.

자신에게 적절한 방법을 찾아서 부당한 요구는 거절할 줄 아는 마음의 근육을 키워나갈 필요가 있다. 내가 해냈듯이 당신도 연습하면 충분히 그렇게 할 수 있다.

? 물음표

**'No'라는 말을 적절하게 사용하고 계신가요?**

## 시간 레버리지

시간을 아낄 수 있는 방법은 개인이 처한 상황에 따라 많이 다를 수 있다. 하지만 분명한 건 하루는 누구에게나 24시간이라는 점이다.

우리가 하루 동안 사용할 수 있는 시간은 24시간이다. 하지만 그 시간을 어떻게 사용하는가에 따라 우리 인생은 많이 달라질 수 있다. 그래서 사람들은 시간을 절약하고 효과적으로 사용하기 위해 다양한 방법으로 시간 레버리지를 고민하게 된다. 나라고 예외는 아니다.

내가 시간을 레버리지하기 위해 사용하는 방법 중 하나는 업무를 위임하는 것이다. 물론 위임에는 나름의 원칙이 있다. 처음부터 누군가가 나를 대신해서 일을 잘해줄 거라고 기대를 하지 않는 것이다. 일정 기간 의사소통을 하고 호흡을 맞추는 시간을 꼭 염두에 둔다. 상대가 익숙해질 때까지 벌어지는 일련의 실수에 대해 불편해하지 않으면서 제대로 할 수 있게 될 때까지 친절하게 알려주고 기다려준다. 생각보다 잘해주면 고마운 거고, 하다 하다 안되면 다른 사람을 찾으면 되는데 굳이 서로 얼굴 붉힐 필요가 없다. 대신 잘하는 건 무조건 칭찬해준다.

또 다른 원칙은 아무리 나이 어린 신입 직원에게도 반말을 하지 않는 것이다. 그들의 인격을 존중해서이기도 하지만 존댓말을 하면 화를 내기가 어렵기 때문이기도 하다.

그리고 직원이 일을 잘하더라도 업무의 최종 책임은 나에게 있기 때문에 최종 확인을 반드시 한다. 그렇게 하면 결과가 잘못되었다고 해도 나를 도와주는 직원에게 화를 내거나 직원이 나에게 미안해할 일이 없게 된다. 내가 모든 일을 다 하는 것보다 일정 부분만을 하거나 혹은 마무리만 한다면 나의 시간을 많이 아낄 수 있다. 그래서 시간 절약을 도와주는 직원에게는 늘 고마운 마음으로 대한다.

나는 집안 살림도 30대 중반부터 가사 도우미에게 위임했다. 돈이 많아서가 아니다. 첫째는 일을 더 많이 하기 위해서였고, 둘째는 초등학교부터 유학 가기 전까지 해야 했던 지겨운 가사 노동에서 벗어나고 싶어서였다. 몸도 약했던 나에게 동생 넷이 벗어 놓은 빨래와 산더미같은 설거지는 무척 힘겨운 일이었다. 한참 감수성이 예민한 사춘기 소녀의 손이 아줌마 손처럼 거칠어졌다. 어느 날 짓궂은 친구가 "야, 너는 웃을 때 절대 손으로 입 가리지 마라. 얼굴하고 손이 안 어울려."라며 깔깔 웃어댔다. 그 자리에서는 나도 멋쩍게 웃어 넘겼지만 그 말은 내게 두고두고 큰 상처로 남았다. 그때 나는 결심을 했다. '돈을 벌 수 있게 되면 절대 손에 물을 묻히지 않겠다'고.

살림을 위임하면서도 몇 가지 원칙을 정했다. 우리 가족과 함께하는 동안에는 가족으로 대하고 예의를 지키자는 것이었다. 나의 시간을 절약해 주고 우리 가족의 건강을 책임지는 고마운 분이니 당연히 그렇게 해야 한다고 생각했다. 그래서인지 중국으로 이사갔을 때와 사업이 망했을 때를 빼고는 도우미가 그만두겠다고 한 적이 없다.

살림을 사람에게 위임할 상황이 안 되었을 때는 기계에게 위임했다. 로봇청소기, 빨래 건조기, 식기 세척기 등을 활용했다. 수십 년 전 미국 유학 시절에 사용했던 식기 세척기와 건조기는 내게 신세계였다. 어려서부터 해야 했던 지긋지긋한 빨래와 설거지를 버튼 하나로 해결해 주었기 때문이다. 공부를 마치고 귀국한 후부터 나는 식기 세척기 전도사가 되었다. 기기 사용을 불편해하는 가사 도우미에게도 사용법을 억지로 알려주고는 남는 시간에 차라리 좀 쉬라고 할 정도였다.

요즘은 도우미 서비스를 필요할 때만 받을 수 있는 사이트도 많이 생기고 있다. 심지어 집밥을 아침마다 배달해 주는 곳도 생겼다. 이처럼 찾아보면 합리적인 비용으로 시간을 아낄 수 있는 서비스가 제법 많다.

그런데 내가 사용하는 시간 중 많은 부분을 차지하는 독서는 누구에게 위임할 수 없기에 난감했다. 속독도 배워 보았지만 눈만 피곤하고 내게는 별 효과가 없었다. 대신 한 번 읽었던 책을 다시 읽고 싶을 때는 시간을 절약할 수 있는 방법을 내 나름대로 찾아서 활용하고 있다. 책 맨 앞의 몇 장 있는 여백의 종이에 읽은 날짜와 내가 좋아하는 문구가 있는 페이지나 요점을 메모해 둔다. 한때는 별도로 노트에 메모를 해보기도 했지만, 책 따로 노트 따로 찾아서 읽는 것이 더 번거로웠다. 그런데 책 앞장에 메모를 해두면 아무리 세월이 흘러도 분실할 염려도 없고, 그 메모만 읽어도 책 한 권의 내용을 바로 알 수 있었다. 그러다 다시 읽고 싶은 내용이 있으면 메모된 페이지로 가서 바로바로 찾아 읽으면 되기 때문에 시간이 많이 절약된다. 게다가 책을 읽었던 날짜를 적어두었기 때문에 내가 그 시점에 어떤 책에 관심이 있었는지 그리고 시간이 지난 지금은 관심이 어떻게 변해 있는지도 파악할 수 있게 해준다.

시간을 아낄 수 있는 방법은 개인이 처한 상황에 따라 많이 다를 수 있다. 하지만 분명한 건 하루는 누구에게나 24시간이라는 점이다. 그렇다고 매사에 시간을 아끼며 살지는 않는다. 나 자신과 가족의 행복을 위한 시간과 보람 있는 일을 하는 시간은 절대 아끼지 않는다. 그러려고 아껴둔 시간이니까.

? 물음표

**아껴둔 시간을 어디에 사용하면 좋을까요?**

## 물건을 적게 구입하는 것이 최고의 정리다

내가 감당할 수 있는 정도만 가지고 사는 것, 즉 물건을 적게 구입하는 것이 최고의 정리인 셈이다.

"엄마, 우리 친구들이 언제 집에 다시 초대하냐고 자꾸 물어요. 예전에 우리 집에 와서 식사하던 때가 그립대요."

"아, 그래? 그러게. 코로나 때문에 친구들이 집에 못 온 지도 꽤 됐네."

친구들을 집에 초대해서 요리해주는 걸 즐기는 아들이 하는 말이었다.

"엄마, 그런데 친구들 부르려면 집 정리를 좀 해야 하지 않을까요?"

대충주의 아들 입에서 '집 정리'라는 말이 나오다니 내 귀를 의심하지 않을 수 없었다. 그런데 정말 그랬다. 코로나19로 아무도 찾아오는 사람 없이 몇 년간 지낸 집은 온갖 잡동사니로 어수선하기 짝이 없는 곳으로 변해 있었다.

방 한 칸에는 유튜브 영상과 강의 영상 촬영을 한다며 들여놓은 방송 장비가 잔뜩 놓여 있었다. 옷방에는 촬영때 입으려고 사들인 옷들이 걸어둘 자리가 부족해서 방 한쪽에 잔뜩 쌓여있었다. 책장에는 외부 활동을 거의 못하게 되면서 생긴 여유 시간에 읽으려고 사들인 책이 잔뜩 쌓여있었다. 뿐만 아니다. 활동량이 줄어들자 갑자기 찐 살을 뺀다며 사들인 운동기구도 여기저기 놓여 있었다. 작은 헬스장을 만들어도 될 정도였다. 주방도 예외가 아니었다. 코로나 기간 동안 외식을 못하고 주로 집에서 음식을 해먹다 보니 새로 사들인 조리도구가 주방을 가득 채우고 있었다.

이 모든 것이 코로나로 시간 여유가 생기면서 인터넷 쇼핑과 TV 홈쇼핑을 즐긴 덕이다. 밖에 나가지 않아도 스마트폰으로 손가락만 몇 번 놀리면 물건을 현관 앞까지 가져다 주니 그야말로 신세계였다. 게다가 몇십 년 만에 처음으로 TV를 집에 들여놓고 홈쇼핑이라는 것을 경험하니 신기한 제품이 한두 가지가 아니었다.

"어머, 어머, 저거는 꼭 사야 돼!"

"와, 신기하다. 저런 것도 있구나."

"많이 사면 저렇게 싸게 준다고?"

'늦게 배운 도둑질이 밤새는 줄 모른다'고 하더니 새벽까지 홈쇼핑 채널을 돌리며 주문 버튼을 눌렀다. 덕분에 아직 라벨이 그대로 달려있는 옷도 여러 벌이다.

'세상에, 이걸 누가 다 사들인 거야!'

아들 말대로 친구들을 초대하려면 집 정리를 어느 정도 해두긴 해야 할 것 같았다.

유학 시절 집에 놀러온 친구들에게 집이 너무 깨끗해서 오히려 불편하다는 이야기를 들은 적이 있었다. 그 후로는 좀 덜 정리하고 살려고 노력을 했었는데, 노력을 너무 했나 보다. 지인에게 이런 이야기를 했더니 "정리를 덜하는 것도 노력을 해야 하나요?"라며 놀라는 모습을 보고 웃었던 기억이 있다. 하지만 정리에 대한 강박관념이 있는 사람은 나의 말을 이해할 것이다.

그렇다면 집 정리를 할 때는 어느 정도까지 해야 할까? 호사카 다카시의 《나이 듦의 기술》이 내 질문에 대한 답을 해주었다.

"정리가 잘되었는지 따져볼 때에는 언제, 누가 집에 방문해도 기분 좋게 맞이할 수 있는지 자문해 본다. 정리가 잘된 상태라면 흔쾌히 '물론이에요, 들르세요.'라고 대답할 수 있을 테니 말이다."

물론 여기서 '기분 좋게 맞이하는'의 기준이 어느 정도인지에 따라 차이는 있을 것이다. 이번에는 대충주의 아들이 기준을 제안했다. 친구들이 와서 불편하지 않게 밥을 먹을 정도면 충분하다고 했다. 그래서 둘이서 생각날 때마다 필요 없는 것부터 버리기로 합의를 했다. 오며 가며 눈에 띄는 것을 한두 개씩 현관 앞에 가져다 놓으면 아들이 가져다 버리기로 했다. 친구들을 초대할 생각에 아들도 모처럼 집안 정리에 협조해 주었다. 예전의 나였으면 몇날 며칠을 쉬지 않고 정리를 하고는 지쳐서 앓아누웠을 것이다. 하지만 이제는 매사 할 수 있는 만큼만 하다 보니 시간이 꽤 걸렸다. 버리기 시작한 지 몇 주가 지나자 집에 어느 정도 여백이 생겼다. 친구들이 와도 편하게 밥을 먹을 분위기가 된 것 같았다. 정리를 한 것도 아니고 필요 없는 것을 찾아서 버리고 무료 나눔을 했을 뿐인데도 집이 훤해진 것이다. 결국 내가 감당할 수 없을 정도로 물건이 차고 넘치는 것보다는 감당할 수 있을 정도만 가지는 것, 즉 물건을 적게 구입하는 것이 최고의 정리인 셈이다.

책장 정리를 하면서 예전에 읽었던 이서윤의 《해빙》이라는 책이 눈에 들어왔다. 필요한 물건을 기분 좋게 마음 편히 사면서도 지출이 줄어드는 경험을 하게 해주었던 책이다. '물건을 사기전에 꼭 필요한 물건인지 생각해 보고 머리에 '가시오'의 뜻인 그린 라이트가 켜졌을 때만 구매하라'고 메모된 부분을 찾아서 읽어 보았다. 그리고 앞으로는 '그린라이트'가 켜졌을 때만 물건을 구입하기로 다시 한번 결심했다.

집안 정리를 하면서 한 가지 새로운 생활 규칙도 정했다. 앞으로는 물건을 하나 사면 그만큼을 버릴 수 있을 때 사자는 것이다. 생각해 보니 새로 들어온 살림은 구입 비용만 드는 것이 아니다. 물건이 집에서 차지하고 있는 면적을 돈으로 환산하면 물건 값의 몇 배 혹은 몇십 배의 비용이 든다. 내 돈을 들여서 내가 쓸 비싼 공간을 물건에게 내어주면서 산다는 것은 어리석다는 생각이 비로소 든 것이다.

정리를 하다 보니 잊고 있던 옛날 일이 떠올랐다. 사업차 중국에 몇 년 거주를 하게 돼서 창고에 짐을 모두 맡겨두었던 적이 있었다. 그런데 사기를 당하고 귀국해서 짐을 찾으려고 했더니 짐을 맡긴 이사 업체가 연락이 되지 않았다. 중국에서 급하게 옷가지만 챙겨서 나왔는데 하루아침에 아무것도 없는 사람이 되어 버렸다. 대형 트럭 5대 분량의 짐이 사라진 것이다. 인생이 꼬이려니 그렇게까지 곤두박질쳐졌다. 수집해 둔 그림과 하나하나 장만한 고급 가구와 식기들, 다시 살 수도 없는 원서와 책들이 모두 없어져 버린 것이다. 그런데 없으면 큰일 날 것처럼 소중했던 물건들이 모두 없어졌는데도 살아졌다. 하지만 그때 받았던 충격이 워낙 컸기 때문에 그 후로는 언제 없어져도 상관없을 정도의 물건을 구입하는 생활을 하게 되었다.

뿐만 아니라 옷에도 돈을 많이 들이지 않고 있다. 물론 여기에도 사연이 있다. 한번은 집에 불이 난 적이 있었다. 다행히 신속하게 불을 꺼서 큰 불로 번지지는 않았다. 그런데 하필이면 세탁소에 가져가려고 소파에 놔두었던 한 벌에 수백 만 원이 넘는 명품 브랜드 옷들을 휘둘러서 불을 끈 것이다. 쿠션도 있었고 수건도 있었는데 하필이면 내가 아끼는 옷들로…. '사람이 안 다쳤으니 다행이다'라고 위로해 보았지만 한동안 아까워서 속이 쓰렸다. 그날 이후로는 못 입게 되면 속상한 명품 옷보다는 입다가 없어져도 아깝지 않은 가성비 좋은 옷을 사 입고 있다.

나는 살면서 이렇게 황당한 사건 사고를 겪고 나서야 반강제적으로 미니멀 라이프를 시작하게 되었다. 그런데 처음에는 돈도 물건도 없어서 시작했던 미니멀리즘이 막상 생활화되니까 오히려 편하고 좋았다. 경제적으로 가장 큰 도움이 되었던 건 살림이 모두 없어져서 큰 집이 필요 없어졌다는 것이다. 그런데 인간이 망각의 동물이라더니 요 몇 년간 그런 사실을 까맣게 잊고는 집안을 물건들로 가득 채웠던 것이다.

이렇게 나는 지금까지 살면서 집을 최고급 가구로 꾸미고 세계적인 명품 옷을 입고 살아보기도 하고, DIY 가구로 집을 꾸미고 경제적인 금액의 가성비 좋은 옷을 입고 지내보기도 해봤다. 경험해 보니 양쪽 모두 장단점이 있었다. 하지만 어느 쪽이든 내가 처한 상황에서 감당할 수 있는 정도보다 적게 소유해서 여백의 여유를 가지고 살 때가 마음이 편했다.

? 물음표

**꼭 필요한 물건만 구입하시나요?**

## 힘들 때는 멘토에게 의지하자

주변에 나에게 진심으로 조언을 해줄 수 있는 멘토를 두는 것은 한 치 앞을 모르는 인생을 헤쳐나가는 데 분명히 큰 힘이 된다.

살면서 선택의 여지가 없는 상황에 직면한다면 고민할 필요가 없다. 그냥 하면 된다. 하지만 선택의 여지가 있다면 기왕이면 실패 없이 잘 선택해야 한다. 그걸 누군들 모를까? 하지만 이런 상황에서 더 나은 선택을 하기 위해 사람들이 취하는 태도는 같지 않다. 혼자 고민하기, 친한 친구에게 의논하기, 부모님께 상의하기, 책에서 지혜를 구하기, 유사한 사례를 검색해 보기, 전문가를 찾아 상담하기, 멘토에게 상담하기, 역술가를 찾아가기 등 다양하다.

《중년 이후에 깨달은 내 인생의 소중한 것들》의 저자 해인은 선택에 대해 이렇게 말한다.

"인생은 우리가 생각하는 것 이상으로 힘든 과정의 연속이다. 그러나 어떻게 이겨냈는가에 따라서 결과는 달라진다. 모든 일은 선택의 결과에 따라 운명도 달라진다. 나는 주변에 본인의 선택에 따라 달라지는 인생을 사는 사람들을 너무 많이 보았다."

해인 작가의 말처럼 나 또한 그런 사람들을 너무 많이 보고 살았다.

해외 비즈니스 컨설팅을 해온 나는 잠깐만 상담을 받았다면 수십 배 수백 배의 비용을 아낄 수 있거나 실패하지 않았어도 될 안타까운 일을 수도 없이 많이 보아왔다. 대부분 컨설팅비가 아까워서 그런 길을 택한다. 될 만한 사업인데 돈이 없는 경우라면 나도 마음이 아프다. 그럴 때는 그냥 도와준다. 하지만 돈 많은 얌체족이 생각보다 많았다. 컨설팅비를 아끼려고 그저 차 한 잔 하면서 혹은 전화로 은근슬쩍 무료 컨설팅을 받으려고 하는 지인들이다. 있는 사람이 더 지독하다고 하는 건 그런 사람들을 두고 하는 말인 것 같다. 그런 줄 알면서도 웬만하면 그냥 모르는 척하고 대답해주곤 한다.

그런데 이런 얌체족도 두 부류로 나뉜다. 처음부터 끝까지 나를 무료로 이용만 하려고 하는 부류와 그래도 양심적으로 만나면 고마웠다고 맛있는 식사도 사주고 선물도 주는 부류다. 정식 컨설팅을 받는 비용에 비할 바는 아니지만 그래도 후자의 부류에게는 어느 정도 고급 정보를 주곤 한다. 물론 상한선은 있다. 그렇지 않으면 고액의 컨설팅비를 내고 나에게 일을 의뢰하는 분들이 억울할 수 있기 때문이다. 하지만 계속 나를 이용만 하려는 사람에게는 '미팅 중'이거나 바빠서 전화를 받을 수 없는 사람인 척해버린다. 그런 얌체 고객들의 해외 비즈니스는 시간이 지나면 일이 잘못되었다거나, 큰 손해를 보았다거나, 그만두었다는 소식을 전해 듣는 경우가 많았다. 전문가가 필요한 순간을 놓친 결과이다. 이처럼 중요한 때에 어떤 선택을 하느냐에 따라 결과는 많이 달라질 수 있다.

때로는 상담을 받고도 그 말을 무시하고 반대의 길을 선택하는 사람도 있다. 한번은 지인이 정치를 하고 싶다고 의논을 해왔다. 오랫동안 알고 지낸 가까운 사람이라 경력이나 성향을 잘 알던 사람이었다. 나를 믿고 어려운 이야기를 꺼냈다는 생각에 나름대로 심사숙고(深思熟考)해서 의견을 말해 주었다.

"이런 말씀드리면 실망하시겠지만, 출마 안 하셨으면 좋겠어요. 제 판단으로는 어려우실 것 같습니다. 그리고 선거 비용이 상당히 들 텐데요. 은퇴도 얼마 남지 않으셨는데 차라리 노후를 대비하시는 게 좋지 않을까요? 제 판단은 그렇습니다."

"아, 그럴까요? 흠, 알겠어요. 고마워요."

하지만 얼마 후 기어이 출마를 했다가 떨어져서 경제적으로 많이 어렵게 되었다는 소식을 들었다. 나중에 다시 만나게 되니, 그는 그때 내말을 들었어야 했다며 한숨만 내쉬었다. 너무도 초췌해진 모습을 보고 있자니 '내가 그때 욕을 먹더라고 더 강력하게 말렸다면 어땠을까?'하는 후회도 들었다.

물론 선택의 갈림길에서 제대로 된 선택을 해서 인생이 바뀌는 경우도 많다. 한번은 미팅 자리에서 몇 번 본 적이 있는 거래처 여직원이 조용히 나를 찾아왔다. 인생 선배에게 조언을 구하기 위해서 찾아온 것이었다.

“제가 지금 회사에 이대로 계속 근무하는 게 좋을지, 프랑스 파리로 유학을 다녀오는 것이 좋을지 판단을 할 수가 없어서요.”

그녀는 그 회사에서 없어서는 안 되는 실력 있는 디자이너였다. 그 경영주가 그녀를 얼마나 아끼는지 잘 알고 있던 나로서는 정말 곤란한 상담이었다. 경영주를 생각하면 그냥 계속 근무하는 것이 좋겠다고 말을 해주는 것이 옳겠지만, 그 여직원의 입장에서 생각하니 유학을 다녀오는 것이 더 도움이 될 거라는 생각이 들었다.

결국 양심이 시키는 대로 말을 해주었고, 그녀는 유학을 떠났다. 그녀가 나를 만난 사실을 경영주가 알게 되어 어느 정도 뒷감당을 해야 했지만 내 말을 믿고 떠나준 그녀가 잘되기를 진심으로 바랐다. 세월이 흐르고 나서 다른 회사에 미팅을 갔다가 우연히 그녀를 다시 만나게 되었다. 일에 찌들어 피곤한 얼굴로 나를 찾아왔던 여직원의 모습은 찾아 볼 수가 없었다. 여유 있는 모습으로 자기 사업을 활발히 진행하고 있었다. 이처럼 우리가 살면서 선택의 갈림길에 서게 될 때는 누구와 의논을 하고, 혹은 어떤 길을 선택하느냐에 따라 인생이 크게 달라질 수 있다.

《원씽》의 저자 케리 켈러는 "코치를 찾아라. 코치 없이 남다른 성과를 이룩한 사람은 찾기 힘들 것이다."라고 했다.

주변에 나에게 진심으로 조언을 해줄 수 있는 멘토를 두는 것은 한 치 앞을 모르는 인생을 헤쳐 나가는 데 분명히 큰 힘이 된다. 이 말에 더해서 나는 "코치의 도움을 최대한 많이 받으려면 그들을 진심으로 대하라."고 조언하고 싶다. 나에게 귀한 시간과 마음을 나누어 준 멘토에게는 반드시 고마움을 표시할 줄도 알아야 한다. 그래야 다음에 또 도움을 받을 수 있다. 언제까지 베풀기만 하는 사람은 없기 때문이다. 하지만 내가 택한 길이 잘못된 선택이었다 하더라도 후회는 하지 않았으면 한다. 이미 되돌릴 수 없는 일을 후회할 시간에 다른 도움이 되는 생각을 하는 것이 낫기 때문이다. 아니면 차라리 요즘 유행하는 멍때리기를 해보자. 그것이 건강에 이롭다.

? 물음표

**선택의 갈림길에서 찾아갈 멘토가 있으신가요?**

## 과거에 관대해지기

행복하고 즐거운 생각만 하고 살기에도 짧은 것이 인생이다. 그러니 내 소중한 인생에 과거의 상처와 후회까지 힘겹게 데리고 다닐 필요는 없지 않을까.

살다 보면 '왜 그렇게 바보 같은 짓을 했지?', '만약 그때 그렇게 했더라면….'하고 후회나 상처가 남는 일이 생기기 마련이다. 하지만 이미 지난 일은 아무리 후회해도 돌이킬 수 없다. 그렇다면 쉽지는 않겠지만 후회해도 소용이 없는 과거의 일은 잊어버리는 것이 최선일 것이다. 법륜 스님은 《나는 괜찮은 사람입니다》에서 이런 상처에 대해 이렇게 이야기한다.

"똥이 방안에 있으면 오물이지만, 밭에 가면 거름이 돼요. 마찬가지로 어떤 사건이 마음의 상처로 남아 있으면 내 삶의 장애가 되지만, 상처를 치유하면 유용한 자산이 됩니다."

스님 말씀처럼 나도 마음의 상처가 치유되어 유용한 자산이 된 경험이 있다.

아버지가 돌아가신 후로 사람들은 우리 남매에게 '애비 없는 자식'이라고 쑥덕거렸다. 그래서 아무도 아는 사람이 없는 곳으로 이사해서 아버지가 안 계시다는 사실을 숨기고 살았다. 그러다 내가 서른 즈음이던 어느 날이었다. 처음으로 아버지가 내 꿈에 나타나셨다. 나를 다정하게 부르시더니 대문 위에 달린 전등의 불을 켜라고 하셨다. 하지만 초등학생의 모습인 나는 높은 곳의 전구를 돌려서 불을 켤 수가 없었다. 그래서 의자를 가져와서 그 위에 책을 잔뜩 쌓아 올려서 전구의 불을 환하게 켰다. 아버지는 잘했다고 말씀하시듯이 내게 환한 미소를 지어 주셨다. 그리고는 꿈에서 깼다. 몇십 년 만에 그렇게도 그리워하던 아버지의 모습을 꿈에서나마 뵌 것이었다.

그런데 며칠 뒤에 출판사에서 나를 찾아왔다. 자전적 에세이를 써보자는 제안을 해왔다. 처음에는 당황해서 거절했다. 오랫동안 아버지 없는 걸 숨기고 살아온 탓에 세상에다가 내 이야기를 공개한다는 것이 엄두가 나지 않아서였다. 하지만 꿈속에서 본 아버지의 환한 미소가 내게 용기를 주었다. 덕분에 아버지 없이도 꿋꿋하게 살아온 내 삶이 자산이 되어 책까지 쓰게 되었다. 그렇게 해서 출판된 《나는 서른에 유학을 떠났다》라는 책은 운 좋게도 베스트셀러가 되었다. 꿈에서처럼 내 인생에 환한 등이 켜진 것이다. 그때 이후로 아버지 없이 성장하면서 받았던 상처는 깨끗하게 치유되었다.

그때만 해도 내게 꽃길 같은 인생만 펼쳐질 줄 알았다. 그런데 지뢰밭 같은 세상과 부딪치다 보니 그 이전에 받았던 상처와는 비교도 되지 않는 일들을 수없이 겪게 되었다. 그러자 40대 후반의 어느 때부터는 고통스러웠던 일은 내용이 잘 기억나지 않게 되었다. 상대가 나를 힘들게 했다는 건 생각이 나는데 구체적인 내용은 시간이 지나면 잘 생각나질 않았다. 반투명 커튼으로 한 겹 가린 것처럼 기억이 선명하지 않았다. 아마도 오랜 기간의 불면증, 경제적 고통, 많은 인간적 배신들이 원인이 아닌가 생각된다. 이 문제로 병원에 가보지는 않았다. 나쁜 일이 잘 기억나지 않는 게 그다지 불편하지 않아서다. 어차피 나쁜 일인데 생생하게 기억나보았자 남은 인생이 괴로울 것 같아서다. 나의 이런 증상에 대해 한 지인이 했던 말이 생각난다.

"맨 정신으로는 못살겠으니까, 살려고 저절로 그렇게 된 거지."

맞는 말일지도 모른다. 그런 일들을 일일이 다 기억한다면 아직도 불면증이나 우울증에 시달리며 인생을 낭비하고 있을지도 모르기 때문이다. 마음의 상처가 다 치유된 건 아니지만 아무튼 나쁜 과거가 인생에 방해가 되지 않게 된 것이다. 곰곰이 기억을 되돌아보면 아마 생각이 날 수도 있을 것이다. 하지만 일부러 그러지 않았다. '나를 힘들게 했던 사람들이 받아야 할 벌이 있다면 하늘에서 알아서 하시겠지.'라고 생각하며 그 기억과 판단을 신께 위임해 버렸기 때문이다. 그러고는 내 마음과 머리에서 내보내 버렸다.

그런데 그렇게 다 잊고 살고 있었더니 수십 억이나 되는 성공 보수를 안 주려고 협박한 회사는 파산했고, 남들 앞에서 나에게 수시로 인격 모욕을 했던 경영주는 거의 망해가고 있고, 중국에서 나에게 사기 친 사람은 교도소에 있다는 소식을 전해 들었다. 내가 머리에서 비우고 편하게 지내고 있던 사이에 그렇게 된 것이다. 그렇다고 그런 소식을 듣고 기쁘거나 속이 시원하거나 하지도 않았다. 이미 마음에서 놔주어서 내 마음에는 없는 존재들이기 때문이다. 그냥 '그래도 신이 존재하시나 보다.' 이 정도로 생각하고 만다. 물론 아직도 벌 받지 않고 멀쩡히 잘 지내는 사람들도 제법 있다. 하지만 내가 속 끓인다고 달라지는 건 아무것도 없다. 게다가 그런 나쁜 사람들을 생각하며 내 귀중한 시간을 낭비하고 싶지도 않다. 그래서 여전히 신께 위임해 둔 상태다. '알아서 잘 처리해 주시겠지!'

그런데 다행히도 '고마웠던 일'은 아무리 오래전 일이라도 자세하게 기억한다. 20대 때에 홍콩에 사는 선배 집에 초대받아서 며칠 머문 적이 있었다. 공교롭게도 그때 속이 좀 좋지 않았다. 그런 나를 위해 선배가 아침 일찍 일어나 흰 쌀죽을 끓여주었다. 수십 년이 지난 지금도 그 흰 쌀죽의 맛과 고마움을 잊지 않고 있다.

누구나 나처럼 운 좋게 선택적 기억을 할 수는 없을 것이다. 하지만 과거의 좋지 않았던 기억은 일부러라도 마음에서 놓아주면 인생이 편안해진다. 행복하고 즐거운 생각만 하고 살기에도 짧은 것이 인생이다. 그러니 내 소중한 인생에 과거의 상처와 후회까지 힘겹게 데리고 다닐 필요는 없지 않을까?

? 물음표

**과거의 상처와 후회를 어떻게 대하시나요?**

## 인간관계 스트레스 줄이기

인간관계를 잘하기 위한 완벽한 해법은 없다. 하지만 최소한 나를 둘러싸고 있는 사람들에 의해 소중한 내 인생이 힘들어지도록 방치하지는 말자. 그러려면 내가 편안해질 수 있는 인간관계 해법을 미리 찾아두어야 한다.

살면서 누구나 피해갈 수 없는 것 중 하나가 인간관계에서 오는 스트레스다. 무인도나 산속에서 혼자 살지 않는 한 인간관계에 문제가 생기면 인생이 무척 힘들어진다. 애써서 겨우 자리잡은 직장을 떠나야 하는 경우도 생기고, 혼인 관계가 파탄이 나서 열심히 노력해온 인생이 통째로 무너지는 고통을 겪기도 한다.

세상을 살다 보면 나를 나쁘게 대하는 사람이 어디에나 꼭 있기 마련이다. 물론 모든 사람이 나를 좋아해 주지도 않는다. 생태마을을 운영하고 있는 황창연 신부님의 강의 중에 이런 내용이 있다.

"예수님도 따르는 그 수많은 사람 중에 12명만 남아서 그들을 제자로 삼으셨는데, 하물며 우리 인간이 남들이 자기를 다 좋아해 주기를 기대한다는 건 욕심이 너무 많은 것 아닙니까? 성경에 모두 사랑하라는 말은 없습니다. 단지 서로 사랑하라고 했습니다. 나와 맞지 않는 사람을 굳이 미워할 필요는 없지만 그렇다고 모두 사랑할 필요도 없습니다. 나와 맞는 사람하고만 서로 사랑하고 지내면 되는 겁니다."

강의 내용을 머리로는 이해할 수 있다. 하지만 막상 직장 상사나 거래처처럼 도저히 피할 수 없는 대상이 나를 힘들게 할 때는 스트레스가 이만저만 쌓이는 게 아니다.

오래된 거래처 여사장이 나를 시시때때로 무시하는 언행을 해서 무척 힘들었던 적이 있었다. 둘이 있을 때는 멀쩡하다가 누가 있을 때만 그러니 정말 미쳐버릴 지경이었다. 어느 날 인생 선배를 찾아가 그런 상황을 하소연했다. 그러자 이런 말을 해주었다.

"나를 힘들게 하는 그 사람이 인생을 잘 살기 위해 넘어야 할 산이라고 생각해 봐. 그 산을 넘으면 살면서 아무리 이상한 사람을 만나도 극복할 수 있게 될 거야."

그 후로 나는 그 여사장을 '내 멘토다' 생각하며 만나기 시작했다. 그랬더니 아무리 가시 돋친 말을 해도 예전처럼 마음이 힘들지 않았다. 덕분에 지금까지 웬만큼 이상한 사람을 만나도 그러려니 하고 넘기게 되었다.

"스승이 훌륭해서 스승이 되는 게 아니라 본인이 공부로 삼으면 스승이 되는 거예요."

《나는 괜찮은 사람입니다》에 적혀 있는 법륜 스님의 말씀도 같은 맥락에서 큰 가르침으로 마음에 와 닿는다.

인간관계에서 특히 조심해야 될 사람은 더이상 잃을 것이 없는 사람이다. 병원에 입원해 한 달 넘게 치료를 받고 있을 때였다. 어떻게 알게 되었는지 한 남자가 사업을 도와 달라고 병실로 찾아왔다. 왠지 인상이 좋지 않아서 상대하고 싶지 않았다. 그런데 링거를 꼽고 누워 있으니 끈질기게 찾아오는 그를 피할 수도 없었다. 결국 사업을 도와주게 되었고, 내가 큰 피해를 보는 것으로 결말이 났다. 나중에 알고 보니 여기저기 빚을 지고 더이상 아무것도 잃을 것이 없는 코너에 몰린 사람이었다. 이런 사람과는 아무리 계약서를 꼼꼼히 써도 소용없다. 재판을 해도 내놓을 것이 없기 때문이다. 인연을 맺지 않는 것이 최선의 방법이다.

때로는 내 인생에서 중요하지 않은 사람들에게 상처받고 힘들어 하는 경우도 생긴다. 물론 내가 잘못한 것이 있다면 고치려고 노력한다. 하지만 상대방 인격에 문제가 있어서 생긴 해프닝의 경우에는 그냥 잊어버린다. 어차피 내 인생에 아무 영향도 줄 수 없는 지나가는 사람일 뿐이니까. 이럴 때 한 가지 아쉬운 건 나에게 상처 준 사람에게 욕이라도 퍼부어 주고 싶은데 마음만 그럴 뿐 그러지 못한다는 것이다. 평생 욕을 해 본 적이 없으니 입 밖으로 욕이 나오지를 않는다.

그래서 화를 해소할 수 있는 다른 방법을 찾았다. 그런 사람을 등장인물로 해서 소설을 쓰기 시작했다. 소설 안에서는 그런 사람을 혼내기도 하고, 쫄딱 망하게도 했다. 내가 상상

할 수 있는 모든 화풀이를 다 했다. 신기하게도 스토리를 마무리 지을 때쯤 되면 내 가슴에 뭉쳐있던 화가 거의 다 사라진다. 글로 실컷 화풀이를 하고는 내 마음에서 내보낸 것이다. 소중한 내 마음의 공간에 담아 둘 가치가 없는 사람이기 때문이다. 비록 세상에는 나올 일이 없는 글이지만 글을 쓰는 동안 스스로 상처를 치유하는 시간을 가졌던 것이다.

인간관계의 스트레스를 줄이기 위해 내가 사용하는 또 다른 방법은 상대의 장점을 찾아서 보는 것이다. 상대방의 좋은 점을 먼저 보려고 하면 결점이나 싫은 점이 그다지 신경 쓰이지 않는다. 예를 들어 직장 동료가 이래라저래라 말을 많이 한다면 '아휴, 짜증나. 자기 일이나 잘하지.'이렇게 느낄 수 있다. 그런데 이걸 좋은 쪽으로 해석해서 '저 사람은 나한테 관심이 많구나. 나한테 신경을 많이 써주네.'하고 결론지으면 기분이 상하지 않게 된다. 오히려 그런 사람에게 "관심 가져 주셔서 감사해요."라고 먼저 인사를 한다. 이렇게 상대를 좋게 생각하다 보면 언젠가는 상대도 나를 좋게 대하는 순간이 온다. 인간관계란 서로 마주보는 거울과 같기 때문이다. 무엇보다 상대를 좋게 생각하면 나한테 좋다. 남을 싫어하는 것보다 좋아하는 것이 마음이 편하니까.

예전에 직원들이 모두 진절머리를 낼 정도로 독하고 악랄하기까지 한 임원이 있었다. 나에게도 용서하기 힘든 행동을 여러 번 했지만 그러려니 하며 웃으며 대했다. 앞서 나를 힘들게 하던 여사장을 인간관계의 산으로 넘은 후라서 견딜 만했다. 그러다 결국 모두가 바라던 대로 그 임원이 해고되어 퇴사하던 날이 되었다. 놀랍게도 그 임원이 나를 일부러 찾아와서 미안했다며 사과를 했다. 이처럼 아무리 독한 사람도 상대가 자기를 어떻게 대하는지 아는 것이다.

또 다른 각도에서 인간관계를 바라보는 방법은 내 자신을 돌아보는 것이다. 상대가 나를 대하는 이해하기 힘든 태도가 나의 언행에 문제가 있어서인지, 혹은 상대에 대한 배려가 부족해서 생긴 건지 살펴봐야 한다. 물론 때로는 상대가 나를 부러워해서 억지를 부리는 것일 수도 있다. 그런 사람에게는 더 겸손하게 대하고 자랑은 하지 않는 것이 해결 방법이다.

예전에 나의 비교적 날씬한 모습에 질투를 하고 무척 못마땅해하던 특이한 지인이 있었다. 그래서 그녀를 만나러 갈 때는 항상 두꺼운 원단에 몸매가 드러나지 않는 디자인의 옷을 입고 갔다.

"웬일로 이렇게 살이 쪘어."

"그러게, 요즘 좀 쪘네."

이렇게 대화가 시작되는 날은 만나는 시간 내내 그녀의 밝은 얼굴을 볼 수 있었다. 물론 나는 전혀 마음 상하지 않았다. 그녀에게 살쪄 보인다 한들 특별히 문제될 것이 없기 때문이다. 우리가 모든 면에서 만족할 수 있는 사람만 골라서 사귀려면 아마 만날 사람이 거의 없을 것이다. 나도 남들에게 모든 면에서 만족을 줄 수는 없을 테니까.

인간관계를 잘하기 위한 완벽한 해법은 없다. 하지만 최소한 나를 둘러싸고 있는 사람들에 의해 소중한 내 인생이 힘들어지도록 방치하지는 말자. 그러려면 내가 편안해질 수 있는 인간관계 해법을 미리 찾아두어야 한다.

? 물음표

**인간관계에서 스트레스가 생기면 어떻게 하시나요?**

다섯째 마당

# 무조건 행복하기

## 최소한의 금전

내가 돈 걱정 없이 마음 편히 지낼 수 있게 된 시기는 통장에 기본적인 여윳돈이 모이고부터였다.

마음이나 태도에 여유가 없어지는 가장 중요한 이유 중 하나는 '돈'때문일 것이다. 당장 먹고 살 돈이 없는데 여유 있게 지내기는 힘들기 때문이다. 돈이 없으면 친구도 멀어진다. 보고 싶어도 주머니가 비어 있으면 만나자고 할 수가 없기 때문이다.

대학 시절에 한 친구가 나를 '주머니가 텅 빈 부르주아'라고 불렀다. 겉모습은 멀쩡하게 꾸미고 다니는데 돈이 없었기 때문이다. 나처럼 주머니가 비어 본 적이 없는 그 친구는 내가 그렇게 불릴 때 받을 상처를 이해하지 못했던 것 같았다. 그때의 기억 때문인지 카드로 다 해결되는 세상인데도 불구하고 지갑에 현금이 여유 있게 들어 있어야 마음이 편안하다.

사업을 하다 사기를 당해서 거지나 다름없는 생활을 한 적이 있었다. 덕분에 돈이 없는 생활의 고통을 다시 한번 뼈저리게 느꼈었다. 다시 일어서야 한다는 생각으로 취업을 했다. 그리곤 탈출구를 찾기 위해 책을 집어 들었다. 고경호의《4개의 통장》이라는 책이었다. '평범한 사람이 목돈을 만드는 가장 빠른 시스템'이라는 부제가 붙어 있었다. 책에서 안내하는 대로 급여통장, 소비 통장, 예비 통장, 투자 통장으로 나누어 돈 관리를 하기 시작했다. 그다음으로 고른 책은 김의수의《돈 걱정 없는 우리집》이라는 책이었다. 내용과는 무관하게 제목이 마음에 들어서였다. 책상에 올려놓고 매일 표지를 보며 다시 돈 걱정 없는 우리 집을 만들겠다고 다짐하곤 했다. 그렇다고 돈 관리에 많은 시간을 보내거나 크게 노력한 건 없었다. 일단 4개의 통장을 개설해 놓고는 매달 각 통장으로 자동 이체가 되게 설정해 놓았다. 그리고는 그 금액 안에서 생활한 것뿐이었다.

통장을 쪼개서 관리했더니 지출을 좀 더 계획적으로 할 수 있었다. 내 수중에 있는 돈을 더 쉽게 파악할 수 있어서였다. 처음에는 핸드폰에 가계부 어플을 깔고 1년간 가계부를 적어 보았다. 돈을 어디에 어떻게 사용하는지 파악하고 싶어서였다. 이렇게 생활해 보니 소비를 더 줄여도 될 부분이 눈에 보였다. 대략적인 생활 예산 규모도 알 수 있었다. 그러고 난 후로는 지금까지 가계부는 적지 않고 있다. 계획적인 소비가 몸에 배어서 굳이 가계부를 적지 않더라도 낭비를 하지 않게 되었기 때문이다. 지금은 3개월에 한 번 정도 총자산의 변동 내역만 한번씩 정리하고 있다.

내가 돈 걱정 없이 마음 편히 지낼 수 있게 된 시기는 통장에 적은 돈이 모이고부터였다. 적금을 들기 전에 우선 예비비 통장에 3개월 치 생활비를 모으기 시작했다. 한순간에 거리로 나앉게 되자 당장 먹고살 생활비가 얼마나 중요한지 뼈저리게 느꼈기 때문이다. 첫 목표 금액이 모이자 초조하고 불안했던 마음에 여유가 생겼다. 부담 없는 목표여서인지 돈을 절약하는 것이 그리 어렵지는 않았다. 그다음 목표는 6개월 치의 생활비를 모으는 것이었다. 경험상 3개월 정도로는 이직이나 다른 생계 방법을 찾는 데 충분하지 않았기 때문이다. 만에 하나 직장에서 나와야 하는 상황이 생길 경우라도 실업급여 기간과 6개월 치 생활비가 있으면 재취업이 될 때까지 그럭저럭 버틸 수 있다고 생각해서였다. 그때 이후로 한동안 통장에 늘 있던 그 예비비는 돈 걱정 없는 우리 집이 될 때까지 마음의 보험 역할을 해주었다. 만약 나처럼 쫄딱 망해서 다시 시작하는 것이 아니라면 훨씬 적은 금액으로도 마음이 든든해질 수 있을 거라 생각한다.

예비비를 모으기 위해 내가 실천했던 방법은 새어 나가는 돈이 없는지 꼼꼼히 살펴보는 것이었다. 남들에게 궁색해 보이지 않으면서도 돈을 모을 수 있는 방법이었다. 우선 공과금 부분에서 줄일 수 있는 건 다 줄였다. 회비가 나가는 것 중에 정리해도 되는 것도 모두 정리했다. 그다음에는 생활비를 줄여나갔다. 커피값을 아끼기 위해 원두 가루를 주문해서 집에서 커피를 내려먹었다. 전문점의 커피 2~3잔 값이면 한 달 넘게 마실 수 있었다. 회사에 출근해서는 회사에 준비된 커피를 마셨고, 여의치 않을 때는 보온병에 내려서 출근을 했다. 아침 출근길에, 혹은 점심 식사 후에 마시는 커피 한 잔은 큰 돈이 아닐 수 있다. 하지만 한 달, 1년, 그리고 10년 동안 지출할 돈은 상당히 큰 금액이 된다. 특히 도움이 되었던 건 자가용을 없애고 대중교통을 이용한 것이다. 자동차에 들어가는 비용을 줄이니, 기본적인 생활을 유지하는 날을 훨씬 더 빨리 당길 수 있었다. 그리고 같은 체중을 유지하려고 무척 노력했다. 살이 찌면 옷을 새로 장만해야 했기 때문이다. 덕분에 의류 비용을 거의 지출하지 않았다. 이렇게 몇 가지 생활 습관을 바꾸었더니 특별히 힘들이지 않았는 데도 숨통이 트이는 날이 좀 더 빨리 왔다.

그래도 돈을 모으기보다는 커피 전문점의 커피를 마셔야 하고, 대중교통 이용하기 싫어서 자가용은 꼭 있어야 한다면 그렇게 하면 된다. 어차피 인생에는 정답이 없으니까.

사람마다 돈의 액수에 대한 만족도는 차이가 있기 마련이다. 가령 누군가는 집을 장만하는 금액이 시골의 아담한 집을 마련하기 위한 정도일 수 있다. 혹은 강남의 고가의 아파트를 구입하기 위한 금액일 수도 있다. 이런 목표 금액은 자신이 정하면 된다. 하지만 너무 벅찬 높은 목표를 잡으면 나와 가족의 행복을 희생해야만 한다. 그리고 행복해질 그 날은 쉽게 오지 않을 수도 있다. 적절한 목표를 세우는 심사숙고의 시간이 가치있는 이유이다.

언젠가 김미경이라는 유명 강사가 방송에서 본인은 '부자 선언을 했다'고 말하는 걸 들었다. 여기서 부자의 정의는 자기 자신이 결정하는 것이다. 나도 오래전에 마음으로 이미 부자 선언을 했다. 세상 기준으로 내가 돈이 많아서가 아니다. 4개의 통장으로 쪼개서 생활하면서 낭비하는 습관 없이 가볍게 살다 보니 그다지 큰돈이 필요하지 않아서다. 고가의 주택은 아니지만 가족이 따뜻하게 살기에 부족함이 없는 작은 집도 있고, 남에게 손 벌리지 않고 먹고 살 정도의 돈이 준비되어 있고, 아들도 자기 밥벌이는 하고 있으니 더 바랄 것이 없기 때문이다. 이 모든 여유는 6개월분의 생활비를 모아둔 후 찾아온 마음의 평화에서 시작되었다.

**? 물음표**

**기본적인 여윳돈을 준비해 두셨나요?**

## 죽는 날까지 계속해서 행복하자

돈이 중요하다고 해서 내가 필요한 것보다 더 많은 걸 탐하면 인생이 불행해진다. 내 인생에 필요한 금액의 크기를 미리 가늠해 보자.

미래를 위해 현재를 희생하기보다는 현재의 삶을 중요하게 생각하면서 즐기는 사람을 욜로족(YOLO: You only live once!)이라고 한다. 달라이 라마는 인생의 목적은 행복을 찾는 것이라고 했다. 그런 면에서 보면 욜로족의 삶도 일종의 인생의 목적을 찾는 삶이라고 볼 수 있다. 살다 보면 허리띠 졸라매고 모은 돈이 한순간에 허무하게 사라질 수도 있으니, 욜로족의 삶을 나도 어느 정도 찬성한다. 문제는 그 행복한 삶을 언제까지 지속할 수 있는가이다. 늘 그렇게 살다 보면 눈 깜짝할 사이에 노후 준비라는 현실이 다가오기 때문이다.

우리나라는 OECD 국가 중 노인 자살률이 여러 해 동안 부동의 1위를 차지하고 있다고 한다. 그 주된 이유가 경제적 어려움이라고 한다. 2040세대라면 지금은 젊으니까 노후가 먼 미래 같이 느껴질 수 있다. 하지만 살다 보면 그날은 생각보다 빨리 다가온다. 그런데 젊어서 욜로 인생을 즐기느라 소비를 늘려두면 은퇴하고 소득이 줄어들었을 때 소비 성향을 줄이기 어려워 여러 면에서 고통을 받게 된다. 늘리기는 쉬워도 줄이기는 어려운 게 소비이기 때문이다. 소비를 줄이는 고통은 내가 사업하다가 갑자기 어려워지면서 경험해 봐서 잘 안다. 그렇다고 한 번뿐인 인생인데 나중을 생각해서 현재를 우울하게 살 필요는 없다. 소득과 저축을 잘 관리하면서 정해 놓은 비용 범위 안에서 욜로 생활도 잠깐잠깐 하면서 인생을 즐기면 어떨까 생각한다.

60이 넘고 보니 노후대비는 빠르면 빠를수록 좋다는 생각이 든다. 그래야 힘들이지 않고 여유 있게 준비할 수 있다. 그리고 나이가 들어서 아무것도 하지 않거나 하고 싶은 일만 할 수 있는 자유도 생기기 때문이다. 내가 2030대 때에는 70살 정도 살면 오래 잘 살았다고 생각했다. 그래서 생명 보험도 만기가 고작 80세였다. 그런데 내가 4050대가 되었을 때는 80살 90살은 넘어야 오래 살았다고 하더니 이제는 100살은 살아야 그렇게 말한다. 요즘 나오는 이야기로는 앞으로는 120살을 살게 될지도 모른다고 한다. 그렇게 되면 지금의 MZ세대가 60세 정도에 은퇴한다면 60여 년을 직장 없이 보내야 하는 세상을 살아야 한다는 이야기다. 돈이 없으면 한 달을 살기도 힘든데, 10년도 아니고 60년을 살아야 한다면 자살을 생각하는 것도 무리는 아닐 것이다.

생태마을의 황창연 신부님 강의에서 노후에 관한 내용을 들은 적이 있다. 우리나라 사람들이 노후 대비를 제대로 못하고 있는 것이 지나친 자식 뒷바라지와 부모의 욕심 때문이라는 것이다. 어차피 공부에 소질이 없는 아이에게 학원비와 비싼 대학 등록금으로 돈을 낭비하고 있다고 했다. 그런 아이에게는 기술을 가르쳐서 몸으로 할 수 있는 일을 하게 하고 차라리 그 돈으로 노후 준비를 하는 것이 낫다는 것이다.

내가 30대에 이 강의를 들었다면 아마 그 말이 귀에 들어오지 않았을 것이다. 나 역시 자식에 대한 욕심을 내려놓을 수 없었던 어리석은 사람이었기 때문이다. 하지만 이제는 신부님의 말씀에 동의하며 고개를 끄덕이지 않을 수가 없다.

자식이 공부 능력이 된다면 어떻게 해서라도 뒷바라지를 해주고 싶은 것이 부모 마음이다. 그런데 세상에는 공부로 세상을 살아갈 아이보다 그렇지 않은 아이가 더 많은 게 사실이다. 그런데 그런 아이를 위한다며 애써 번 돈을 학원에 가져다 주고, 공부하기 싫어하는 아이와 싸우느라 부모자식 사이가 불편해지는 건 정말 어리석은 일이 아닐 수 없다. 물론 나도 그런 엄마였다. 그런데 왜 우리는 어른들이나 인생 선배들의 조언을 제때 못 알아듣고 꼭 지나고 나서 후회하면서 깨닫는 것일까? 과거로 돌아가 우리 아이를 다시 키울 수 있다면 가정교사와 학원에 퍼부었던 돈을 모아서 차라리 아들이 앞으로 하고 싶어 하는 일에 보태줄 것이다.

중국 사업을 컨설팅해주며 알게 된 사업가가 있었다. 사업이 잘되던 분이라 그 당시에는 유난히 목에 힘을 주던 다소 거만하게 느껴지던 분이었다. 그런데 몇 년 전 어느새 80이 넘은 그분이 오랜만에 나를 다시 찾아왔다. 생활이 어려워서 다단계 사업을 시작했다며 도와 달라고 했다. 아들이 사업을 한다며 수백 평의 저택과 잘되던 회사를 모두 날려버렸다고 했다. 안타까운 마음에 식사 대접을 하고 판매한다는 제품을 최대한 성의껏 구입해 드렸다. 그 일로 나이가 들면 자식과의 관계도 현명하게 처신해야겠다고 다시 한번 각인하는 계기가 되었다.

어느 날 내가 소유한 집을 관리해 주는 공인중개사 사무실에 들렀을 때, 마침 그곳에 앉아 있던 60대 후반 정도의 부인에게 들은 이야기가 생각난다. 그 부인은 그 부동산 사무실과 가까운 거리에 소형 건물을 몇 개 가지고 있다고 했다. 재산이 죽을 때까지 써도 다 쓰지도 못할 만큼 있다고 했다. 그런데도 구두쇠였던 남편은 70이 넘어서도 건물 청소비 나가는 것이 아까워서 직접 건물 청소를 하다가 뇌출혈로 계단에서 쓰러져 죽었다고 했다. "그 돈 다 어디다 쓸 거냐?"며 그렇게 말려도 듣지 않았다고 했다. 남편이 평생 돈만 모으다 써보지도 못하고 그렇게 죽자, 자기는 편하게 살면서 돈 다 쓰고 죽으려고 건물을 매물로 내놓았다고 했다. 그 이야기를 들으면서 가진 것에 만족하고 즐길 줄 안다는 것이 얼마나 중요한 삶의 태도인지 다시 한번 생각해 보게 되었다. 한편으로는 가진 것에 만족하며 살고있는 내 자신이 기특하다는 생각이 들었다.

물론 내가 처음부터 이런 마음가짐이었던 건 아니었다. 3040대 때만 해도 사업을 벌이고 해외를 드나들며 큰돈을 벌어볼 욕심을 가지고 살았다. 하지만 어려움을 겪으면서 행복해지는 데 그렇게 큰돈이 필요하지 않다는 걸 알게 되었다. 자식에게 먹일 쌀이 없어서 눈물을 흘려 보고 나서야 언제든 따뜻한 밥을 먹을 수 있는 생활이 얼마나 행복한 일상인지를 깨닫게 된 것이다. 그래서 이제는 큰 욕심 부리지 않는다. 지금의 생활에 매일 감사하며 살고 있다.

? 물음표

**노후를 어떻게 대비하고 계시나요?**

## 돈보다 소중한 내 몸

내게 '돈이 더 중요하냐, 건강이 더 중요하냐?'고 물으면 건강이 더 중요하다고 망설임 없이 대답할 것이다. 건강하지 않으면 돈도 벌 수 없을 뿐만 아니라 아무것도 할 수 없다.

요즘 사람들이 재미 삼아 하는 말 중에 "재수 없으면 120살까지 산다."는 말이 있다. 몸이 건강한 사람에게는 오래 사는 게 축복이겠지만 아픈 몸으로 골골하면서 오래 산다면 정말 재수 없는 일이 될지도 모른다. 죽을 고비도 겪어보고 오랫동안 아픈 생활도 해보았기 때문에 아픈 몸으로 사는 고통을 이미 잘 알고 있기 때문이다. 다행히 최근 10여 년은 크게 아픈

곳 없이 건강한 날을 보내고 있다.

그래도 언제 아플지 알 수 없으니 건강 보험을 꼼꼼히 잘 준비해 두어야겠다는 생각이 들었다. 몇십 년 전에 들어둔 암 보험이 80세까지가 만기여서 보장 기간이 좀 더 긴 보험으로 바꾸고 싶어졌다. 언제까지 살지는 하늘만 아는 일이겠지만 그래도 시대적 흐름이 100세는 준비해야 한다고 하니 바꿔두어야 마음이 편할 것 같았다.

보험에 새로 가입하려면 건강에 이상이 없다는 걸 증명해야 했다. 그런데 가슴에 혹이 보인다는 검사 결과가 나와서 그만 가입이 보류되었다. 상급 병원에 가서 이상이 없다는 소견서를 받아와야 가입이 된다고 했다. 보험 하나 교체하려다 갑자기 평화로운 일상이 흔들리기 시작했다. 여기저기 수소문해서 좋다는 상급병원을 찾아갔다. 그런데 MRI 촬영을 하는데 한 달이나 대기해야 한단다. 몇 번 죽음을 직면해 본 경험이 있어서 어느 정도 침착할 수는 있었지만 혹시나 하는 생각이 들어 그 한 달이 얼마나 길게 느껴졌는지 모른다.

한편으로는 암이라고 결과가 나오고 오래 못 산다는 이야기를 들으면 어떨지 상상을 해보았다. 그런데 별로 후회도 여

한도 없었다. 이만한 인생이면 해보고 싶은 것 다 해보고 누려볼 것 다 누려보았으니 잘 살았다는 생각이 들었다. 다만 한 가지, 아들이 이제 겨우 20대 중반이라 인생에 대해 더 가르쳐야 할 것들이 남았다는 생각이 들었다. 그래서 검사를 기다리는 한 달 동안 아들에게 결혼에 대해서, 자녀 양육법에 대해서 '이럴 땐 이렇게 해라'라는 말을 기회가 될 때마다 붙잡고 해주었다. 갑자기 말이 많아진 나를 아들이 이상하다는 듯이 대했지만 '그러거나 말거나 말해두면 그래도 기억하겠지.'하는 심정으로 계속 이야기를 해주었다.

만약의 경우를 대비해 집안도 한 번 더 정리하고 재산 상황도 꼼꼼하게 정리를 해두었다. 상조란 곳에도 가입해서 내가 죽더라도 가족이 당황하지 않게 해두었다. MRI 촬영을 하고 결과를 알게 되기까지 또다시 반 달이라는 시간이 흘렀다. 다행히 암이 아니라는 결과가 나왔다. 물론 보험도 새로 가입할 수 있었다. 100세 보장으로. 그리고 이 일을 계기로 건강관리를 더 철저히 하는 생활을 하게 되었다.

이 일이 있고 나서 얼마 되지 않아 도서관에서 우연히 눈에 띄는 책을 한 권 발견했다. 40대의 양선아 기자가 쓴 《끝장난

줄 알았는데 인생은 계속됐다》라는 책이었다. 저자가 유방암에 걸려 치료하며 겪은 일을 정리한 글이었다. 평소 같으면 관심이 없었을 제목이었는데 한 달 넘게 유방암일지도 모른다는 생각으로 살고 난 직후라 그 내용이 궁금해졌다.

"화장실에 언제쯤 갈 수 있을까? 언제쯤 더부룩한 배는 괜찮아질 수 있을까? 언제쯤이면 밤에 자주 깨지 않고 푹 잘 수 있을까? 항암 뒤 나는 원초적인 고민으로 하루하루를 보냈다. '잘 먹고 잘 싸고 잘 자던' 지극히 평범한 일상이, 그저 물 흐르듯 흘러갔던 그 시간이 너무나 그립고 그리웠다. 행복은 멀리 있지 않았다. 그냥 아무 일 없는, '잘 먹고 잘 싸고 잘 자던' 그런 날들이 행복한 날들이었다. 다시 그런 날이 내게 돌아온다면, 그저 감사한 마음으로, 아무 욕심도 내지 않고 하루하루 기뻐하며 살겠다고 다짐했다."

글을 읽고 있자니 양선아 작가가 겪은 상황이 결코 남의 일처럼 느껴지지 않았다. 자칫했으면 내가 겪을 수도 있었던 증세이기 때문이다. 한편으로는 작가의 말처럼 아무 일 없는 그런 날들을 보내고 있는 나는 정말 행복한 사람이라는 생각이 들었다.

요즘 2040세대 중에 돈이 제일 중요하다고 생각하는 사람을 자주 본다. 그런데 내게 '돈이 더 중요하냐, 건강이 더 중요하냐?'고 물으면 건강이 더 중요하다고 망설임 없이 바로 말해줄 것이다. 건강하지 않으면 돈도 벌 수 없고 아무것도 할 수 없기 때문이다. 뿐만 아니라 가족에게도 엄청난 고통을 준다.

몸이 아파서 하고 싶은 것도 돈을 버는 것도 할 수 없었던 경험을 여러 번 했던 나는 이제는 더이상 내 몸에 무리가 가는 일은 하지 않는다. 힘들면 충분히 쉬어주고, 잠도 충분히 잘 자고, 화장실도 잘 갈 수 있도록 음식도 신경 써서 먹고 있다. 필요한 건강식품도 매일 매일 잊지 않고 챙겨 먹고, 운동도 매일 적당히 하고 있다. 건강하다고 행복한 건 아니지만, 건강하지 않고 행복하기는 더 어렵기 때문이다.

? 물음표

**평소 건강관리를 제대로 하고 계신가요?**

## 나만의 행복 찾기

행복은 누군가에게 보여주고 자랑한다고 생기는 것이 아니다. 그냥 내가 행복하면 된다.

"끝도 없는 게 욕심이고, 그 욕심이 충분히 잘하고 있는 우리를 지치게 만든다. '딱 이 정도면 됐다. 정말 더할 나위 없이 좋다'라는 마음이 든다면 누구보다 행복한 것이다. 행복은 생각보다 가까이 있다."

최대호 산문집 《보이지 않는 곳에서 애쓰고 있는 너에게》를 읽고 메모해 두었던 글이다.

지인들은 나를 행복하게 만드는 게 너무 쉽다고 말한다. 아주 작은 일에도, 작은 선물에도 내가 너무 좋아하는 모습을 보여서라고 한다. 사실이다. 나는 세상 사람들의 기준에는 아주 작은 일에도 감격하고 고마워하고 행복해한다. 그래서 내 행복 지수가 보통 사람들보다 높지 않을까 생각한다. 남들이 보기에는 평범하고 특별할 것 없는 생활을 하고 있지만 나는 내 생활에 아주 만족하며 살고 있다. 내가 메모해 둔 글처럼 '딱 이 정도면 정말 더할 나위 없이 좋다'라는 마음이다. 그래서 오늘 하루도 감사하고 행복하다.

《나는 나로 살기로 했다》의 김수현 작가는 행복에 대해 "사람들은 행복하고 싶다 말하면서 무엇이 자신을 행복하게 하는지조차 알려고 하지 않는다."라고 했다. 이 글 덕분에 어느 날 '나를 행복하게 하는 건 어떤 거지?'라는 질문을 하게 되었고 그 대답을 종이에 적어 보았다.

아침에 눈을 떠서 좋은 향기가 나는 커피 한 잔을 정성껏 내려 첫 한 모금 넘길 때

가족과 함께 즐거운 대화를 나눌 때

누군가를 돕기 위해 상담을 해줄 때

대화가 잘 통하는 친구와 대화를 할 때

아무 방해도 받지 않고 읽고 싶은 책을 하루 종일 실컷 읽을 때

집안에 있는 반려식물을 돌볼 때

아들이 만들어 준 맛있는 요리를 먹을 때

좋은 강의를 들을 때

글이 잘 써질 때

아들과 맛집 투어를 할 때

경치 좋은 곳에서 산책할 때

바닷가 모래사장에 앉아 파도를 멍하니 바라볼 때

비오는 날 창밖을 바라보며 빗소리를 들을 때

집 앞의 동산에서 들려오는 까치 소리를 들을 때

좋은 영화 한 편을 볼 때

자려고 따뜻한 침대에 몸을 눕힐 때

잠자리에 들기 전에 감사 기도를 할 때.

적다 보니 끝도 없었다. 사람들이 나를 행복하게 해주기가 쉬운 것처럼 나는 나를 행복하게 해주기도 쉬운 것이다. 이렇

게 내가 쉽게 행복해지는 사람이 된 이유는 간단하다. 더 적게 그리고 더 작은 것을 바라기 때문이다.

가끔 나에게 배우자나 자식에 대해 고민 상담을 하는 사람들의 이야기를 들어보면 대부분 너무 많은 것을 바라는 것이 원인이었다. 한번은 40대 초반의 여성이 내게 신세 한탄을 했다. 대기업에 다니는 남편은 가족에게 부족하지 않게 생활비를 가져다준다고 했다. 아이들에게도 좋은 아빠라고 했다. 그런데 아내인 자신에게는 소홀해서 너무 우울하다고 했다. 이런 이야기를 하며 심지어 울기까지 했다. 결혼 전에는 늘 관심을 받던 상당히 미모인 그녀는 결혼 후에 생각만큼 관심을 받지 못하는 생활이 힘들었던 것이다.

"그럼 내게는 자상한데 생활비도 제대로 못 벌어오고 아이들에게도 소홀한 남편이면 만족하시겠어요?"

"아니, 그건 아니고요…."

이 세상에 완벽하게 행복한 인생은 존재하지 않는다. 그런데 완벽하길 바라면 불행하다고 여겨질 수밖에 없는 것이다. 한 시간 남짓 대화가 이어진 후에 그녀는 자신이 남편에게 너무 많은 걸 바랐다는 걸 깨닫고 마음이 편안해져서 돌아갔다.

그리고 몇 달 후 전화로 남편과 사이가 좋아졌다며 밝은 목소리로 소식을 전했다. 이 여성처럼 내가 기대를 10으로 높게 잡아 두면 5 정도가 이루어져도 반밖에 이루지 못했기 때문에 행복을 느끼지 못하게 된다. 하지만 나처럼 기대를 처음부터 5 정도로 낮추어서 잡으면 4개만 이루어져도 만족하게 된다. 마음을 비우고 기대를 낮추면 행복은 바로 내 옆으로 오는 것이다.

행복해지는 또 다른 방법은 좋아하는 취미를 갖는 것이다. 누구나 경험해 보았겠지만 취미로 하는 일은 아무리 열심히 해도 힘들지 않다. 법륜 스님께서 하신 "클럽에 가보면 돈을 받고 무대 위에서 춤추는 사람이 있어요. 똑같이 춤을 추지만 돈을 받으면 노동이 되고, 돈을 주면 놀이가 돼요."라는 말씀이 생각난다. 원고료를 받고 글을 썼을 때는 마감 날이 되어 가는데 글이 잘 써지지 않으면 스트레스가 이만저만이 아니었다. 그런데 취미로 글을 쓰는 요즘은 글쓰기가 그렇게 재미있을 수가 없다. 시간 가는 줄 모르고 글을 쓰다 보면 어느새 새벽이 되어 있곤 한다. 특히나 요즘처럼 내가 살아온 인생의 경험이 누군가에게 도움이 되었으면 하는 마음으로 글을 쓸 때는 보람까지 있어서 더 즐겁다.

행복은 누군가에게 보여주고 자랑한다고 생기는 것이 아니다. 그냥 내가 행복하면 되는 것이다. 어떤 TV 프로그램에서 혼자 살며 30대를 맞이한 한 남자 배우가 자신은 지금의 삶이 너무 행복하다고 했다. 30대에도 지금 같은 행복지수를 계속 유지할 수 있다면 더 없이 만족한다고 말했다. 방송에서 보여주는 그의 집은 거실과 작은 주방에 방 한 칸이 있는 오래된 작은 빌라였다. 옷도 빈티지 숍에서 주로 구입한다고 했다. 그런데 자신만의 스타일을 만들어서인지 명품을 걸친 듯 멋스러워 보였다. 촬영이 없을 때는 취미로 사진을 찍고 직접 인화까지 하며 즐기고 있었다. 저녁이 되자 소고기 몇 점에 배를 썰어 넣은 작은 육회 한 접시에 아껴둔 위스키 한 잔을 반주해서 저녁을 먹으며 너무 행복하다고 했다. 굳이 말로 하지 않아도 그의 표정이 행복하다고 말해주고 있었다.

행복은 멀리 혹은 높은 곳에 있는 것이 아니라 이렇게 우리 일상의 작은 것에 있다는 것을 보여주는 장면이었다. 누군가에게 자랑할 만한 것이 있어서가 아니라 그 배우처럼 내가 만족하면 행복한 것이다 오늘도 초콜릿 향이 나는 신선한 원두로 갓 내린 모닝커피 한잔을 뽑아 들고 글을 쓰려고 책상 앞에 앉았다. "아, 너무 행복하다!"

**? 물음표**

**행복하신가요?**

## 하고 싶은 건 하고 산다

오늘의 행복한 하루가 모이면 행복한 한 달이 되고, 그 달들이 모이면 행복한 일 년이 되고, 그렇게 모인 한 해 한 해가 행복한 인생을 만든다. 하루하루를 '좋은 날'로 만들면 결국 내 인생도 '좋은 인생'이 된다. 그래서 나는 지금, 그리고 오늘을 행복하게 산다.

내가 하고 싶은 건 하면서 인생을 즐기며 살기로 정한 후로 처음 마음먹고 한 일은 시카고에 피자를 먹으러 간 일이었다. 미국 로스앤젤레스 행 비행기를 탔을 때였다. 옆자리 승객과 대화를 나누는데 어쩌다 보니 피자 이야기가 나왔다. 자기가 먹어본 피자 중에는 시카고 시내의 우노(UNO) 피자가 제일 맛있었다는 것이다. 어찌나 설명을 잘하는지 말만 들어도 군침이 돌며 나도 한번 먹어보고 싶다는 생각이 들었다. 그래서 언젠가는 가볼 생각으로 위치를 잘 메모해 두었다.

LA에 도착해 일정을 마치고 나니 마침 하루 정도 여유 시간이 생겼다. 호텔방에서 아침에 눈을 떠서 천정을 보고 있자니 갑자기 '아, 시카고로 피자 먹으러 갔다 올까?'하는 황당한 생각이 들었다. 그런 생각이 들자 그날따라 나답지 않게 조금의 망설임도 없이 옷을 챙겨 입고는 공항으로 향했다. 드디어 처음으로 나만을 위해서 무언가를 한다는 설렘에 LA에서 시카고까지의 몇 시간 동안의 비행시간이 전혀 지루하지 않았다. 물어물어 시카고 시내의 우노 피자에 도착했을 때의 그 감격은 지금도 생생하다. 한 시간 정도 밖에서 대기하며 기다리는 시간조차도 너무 즐거웠다. 나뿐만이 아니라 대기하는 수십 명의 손님들도 손에 작은 맥주병을 들고 삼삼오오 모여 왁자지껄 떠들며 즐거워하고 있었다.

오랜 기다림 끝에 갓 구워 나온 두툼한 피자를 한입 베어 물었을 때의 그 맛은 지금도 잊을 수가 없다. 진한 피자의 맛에 나를 위한 이벤트의 감격이 더해졌기 때문에 더욱 그랬다. 작은 맥주 한 병을 곁들였더니 알딸딸해져서 기분이 더없이 좋아졌다. 다음날 아침이면 또 먹고 싶어질 것이 뻔했다. 한 판 더 주문해서 챙겨 들고는 공항으로 가는 기차에 올라탔다. 달리는 기차 차창 밖으로 어느덧 시카고의 하늘이 노을로 물들고 있었다. 유난히도 붉게 보이는 노을을 바라보며 결심했다. 앞으로도 이렇게 하고 싶은 건 하고 살자고. 그날의 피자 여행을 계기로 그 후로는 꼭 하고 싶은 건 하고 살았다. 그래서 아마 지금 죽어도 별로 여한이 없을 듯하다.

몇 년 전에는 어느 날 유튜브에서 한 유명인이 옥상의 텃밭에서 키운 채소를 먹는다며 즐거워하는 영상을 보았다. 갑자기 나도 해보고 싶다는 생각이 들었다. 옥상은 없지만 테라스에 내 나름대로 멋진 텃밭을 꾸며보고 싶어졌다. 마음이 정해지자 우선 테라스 텃밭 가꾸기에 관한 책을 구입해서 읽었다. 유튜브도 몇 편 찾아서 보았다. 그리고 나서는 텃밭 용품을 전부 사들였다. 기왕이면 깔끔하고 예쁘게 하고 싶어서 아이보리색 텃밭용 플라스틱 박스를 세트로 주문했다. 흙과 비료도 잔뜩 주문을 했다. 모종도 화원을 돌아다니며 종류별로 사들였다. 채소라고는 키워본 적도 없는 사람이 수십 만 원을 투자해 그럴듯하게 모양만 폼을 잡은 것이다.

처음에는 어찌나 재미가 있던지 시간만 되면 테라스에 나가 텃밭을 들여다봤다. 건강하게 잘 크기를 바라는 마음에 수시로 모종들과 대화도 했다. 상추가 잎이 조금씩 커지는 것이 너무 신기해서 새벽에도 자다가 일어나서 한참을 들여다보았다. 심지어 상추와 대화까지 나누곤 했다. 하지만 텃밭 가꾸기는 생각처럼 쉬운 일이 아니었다.

어느 날 고추 모종에 하얀 작은 벌레 같은 것이 갑자기 생겼다. 그러더니 순식간에 텃밭의 다른 모종으로 모두 옮아 버렸다. 너무 징그럽고 겁나서 집에 있던 모기약 스프레이를 가져다 마구 뿌렸더니 모종이 다 죽어 버렸다. 한동안 온갖 정성을 들였는데, 먹은 거라곤 손바닥만 한 상추 몇 장과 손가락 마디만한 작은 방울토마토 몇 개가 전부였다. 인건비는 고사하고 텃밭 재료비만으로 계산해도 개당 5~6만 원짜리 방울토마토와 상추를 먹은 셈이었다.

결국 무료 나눔으로 텃밭 용품을 모두 나누어 주고 나서야 '테라스 텃밭 프로젝트'는 대단원의 막을 내렸다. 그래도 후회는 없었다. 한동안 정말 행복한 시간을 보낼 수 있었기 때문이다. 덕분에 '더 나이 들면 주말농장 한번 해 볼까?'하는 생각은 두 번 다시 하지 않게 되었다. 내가 농사에는 소질이 없다는 걸 알게 되었기 때문이다.

그런데 신기하게 화초는 잘 키운다. 화초마다 이름도 붙여주고 아침이면 인사도 하고 수시로 대화를 해서인지 건강하게 잘 자란다. 반려동물은 아직 키워보지 못했지만 내가 화초들을 반려식물 삼아 돌보는 마음과 조금은 비슷하지 않을까 상상해 본다. 오늘도 내 반려식물들을 들여다보며 행복한 아침을 시작했다.

행복하게 시작한 하루를 마무리할 때는 잠자리에 들기 전에 매일 감사의 시간을 가진다. 그때 내가 제일 먼저 소리내어 하는 말은 "오늘도 좋은 하루 주셔서 감사합니다."이다. 하루를 지내면서 비록 마음 편치 않은 일이나 사건 사고가 있었어도 이렇게 말을 해버리는 순간 그날 하루는 마치 마술을 부린 것처럼 좋은 날이 되어 버린다.

일단 이렇게 말을 하고 나면 머릿속에서 감사한 일들이 생각나기 시작한다. 가족이 무탈하게 건강한 날을 보낸 것, 가족과 재미있는 영화를 볼 수 있었던 것, 맛있는 식사를 할 수 있었던 것, 추운 날에 따뜻한 집에서 지낼 수 있는 것, 글을 쓸 수 있었던 것, 반가운 사람을 오랜만에 만난 것, 등등 무수히 많은 감사한 일이 떠오른다. 그러다 보면 어느새 좋지 않았던 일은 별것 아닌 일로 되어 버린다.

오늘의 행복한 하루가 모이면 행복한 한 달이 되고 그달들이 모이면 행복한 일 년이 되고 그렇게 모인 한 해 한 해가 행복한 내 인생을 만든다. 하루하루를 '좋은 날'로 만들면 결국 내 인생도 '좋은 인생'이 된다. 그래서 나는 지금, 그리고 오늘을 행복하게 산다.

나는 이렇게 매일 매일 행복한 인생 드라마를 찍으며 살고 있다. 물론 드라마의 기획자도 감독도 주인공도 나다. 그래서 주인공이 하고 싶은 건 다하게 해줄 수 있다. 그리고 내가 주인공인 '나의 인생 드라마'는 무조건 '해피엔딩'이다. 왜냐하면 감독인 내가 그렇게 정했으니까.

드라마를 볼 때 마냥 즐겁고 행복하기만 하면 시시하고 재미가 없다. 어느 정도 어려움도 있고, 악역도 등장해야 되고, 슬픔도 있어야 더 재미가 있다. 그래서 살다가 힘든 일이 생기면 '아, 내 인생 드라마가 더 재미있어지겠구나!' 이렇게 생각하며 인생을 즐긴다. 어차피 '해피엔딩'이 될 테니까.

? 물음표

**어떤 인생 드라마를 쓰고 계신가요?**

# 에필로그

오랜만에 단골 안경점에 들렀습니다. 원고를 마무리하고 나니 눈이 좀 침침해졌거든요. 입구에 24주년이라는 플래카드가 보였습니다. 주인이 반갑게 맞이해 줍니다. 오픈 때부터 다녔으니 주인과 알고 지낸 지도 그만큼의 세월이 벌써 흐른 셈입니다.

새 안경이 완성될 때까지 한 시간 남짓 기다리고 있었습니다. 그런데 그날따라 주인장이 수다스럽게 느껴질 정도로 이런저런 말을 계속 걸어왔습니다. 결국 읽으려고 펼쳤던 책을 덮어야 했습니다.

"사모님 정말 많이 변하셨어요. 예전에는 얼굴이 너무 경직되어 있어서 말 붙이기가 어려웠거든요. 그런데 요즘은 너무 편안하고 좋아 보이세요."

수십 년 동안 사람을 대할 때면 미소를 띠고 친절하고 부드럽게 대하려고 노력하며 살아왔습니다. 덕분에 인상이 좋다는 말을 많이 들었습니다. 그래서 남들은 제가 쉼표 없이 달리며 굴곡진 힘든 인생을 살고 있다는 걸 모를 거라 여겼습니다. 그런데 남의 얼굴을 수십 년 관찰하며 살아온 사람의 눈은 피할 수 없었나 봅니다. 그런데 이제는 전문가의 눈에도 제 얼굴이 편안해 보인다니 주인장의 수다가 기분 좋게 느껴졌습니다.

아무리 감추려 해도 자기의 삶이 그대로 드러나는 것이 얼굴이거든요. 오늘 시간을 내서 거울을 한번 들여다보세요. 어떤 모습을 하고 있나요? 이 글을 끝까지 읽고 에필로그까지 읽어준 당신도 편안하고 좋아 보이는 얼굴을 하고 그런 인생을 살면 좋겠습니다.

원고를 쓰는 동안 지지를 해준 가족과 지인들에게 감사 인사를 전합니다. 이미지가 망가지더라도 자기의 흑역사를 써도 된다고 허락해준 아들에게 특별히 고마운 마음을 전합니다. 어설픈 초고를 읽고 피드백을 해주신 장치혁 대표님 감사했습니다. 특별히 이 책이 세상에 나올 수 있도록 정성을 다해 주신 대경북스의 김영대 대표님께 감사의 마음을 전합니다

이 책은 당신이 행복하길 바라면서 쓴 글입니다.

그러니 무조건 행복하세요.

감사합니다.

편안함과 행복을 가득 담아

이정민 올림

# 참고문헌


《괜찮은 척 말고 애쓰지도 말고》, (홍찬진)

《김형석의 인생문답》, (김형석)

《끝장난 줄 알았는데 인생은 계속됐다》, (양선아)

《나, 지금 이대로 괜찮은 사람》, (박진영)

《나는 괜찮은 사람입니다》, (법륜)

《나는 나로 살기로 했다》, (김수현)

《나는 오늘도 소진되고 있습니다》, (이진희)

《나이 듦의 기술》, (호사카 다카시)

《내가 뭘 했다고 번아웃일까요》, (안주연)

《내가 원하는 삶을 살았더라면》, (브로니 웨어)

《너무 잘하려고 애쓰지 마라》, (나태주)

《4개의 통장》, (고경호)

《네 명의 완벽주의자》, (이동귀 외)

《당신의 질문은 당신의 인생이 된다》, (줄이언 바니지)

《만일 내가 인생을 다시 산다면》, (김혜남)

《백년을 살아보니》, (김형석)

《번아웃 세대》, (곽선연)

《보이지 않는 곳에서 애쓰고 있는 너에게》, (최대호)

《사람들은 왜 성격 테스트를 할가?》, (홀웬 니콜라스)

《스스로 행복하라》, (법정)

《아들아, 삶에 지치고 힘들 때 이 글을 읽어라》, (윤태진)

《원씽(The ONE)》, (케리 켈러, 제이 파파산)

《죽을 때 후회하는 스물다섯가지》, (오츠 슈이치)
《중년 이후에 깨달은 내 인생의 소중한 것들》, (해인)
《처세의 달인》, (나이토 요시히토)
《필링 굿 Feeling Good》, (데이비드 번즈)
《해빙》, (이서윤)

American Psychiatric Association.(2013). Diagnostic and statistical manual of mental disorders(5th ed.). Washington, DC: Author.

Hazan, C., & Shaver, P. (1987). Romantic love conceptualized as an attachment process. Journal of personality and social psychology, 52(3), 511-524.

Kubler-Ross, E. (1969). On death and dying. Routledge.

Lejuez, C. W., Hopko, D. R., & Hopko, S. D. (2011). 우울증에 대한 행동 활성화: 효능과 효과성 검토. 행동수정, 35(6), 111-139.

Matthews, G. (1990). Need for approval, locus of control, and social desirability: Three personality variables associated with psychological distress. Journal of Social and Clinical Psychology, 9(3), 462-477.

Social Comparison Theory: Festinger, L. (1954). A theory of social comparison processes. Human Relations, 7(2), 117-140.